いなかから
上京《じょうきょう》してきた高校生《こうこうせい》
“すずめ”。

ピンチを
救《すく》ってくれた男《おとこ》の人《ひと》は
担任《たんにん》の獅子尾先生《ししおせんせい》
だった……!!

すずめって
名前《なまえ》なら
ちゅんちゅん
だな！

友《とも》だちがほしいすずめは
隣《となり》の席《せき》になった男子《だんし》・馬村《まむら》に話《はな》しかける。
だけど「女子《じょし》が苦手《にがて》」のようで……？

校外学習《こうがいがくしゅう》で
遭難寸前《そうなんすんぜん》の
すずめと馬村《まむら》。

ごめん……
なんか
だるい……

助《たす》けにきて
くれたのは
先生《せんせい》だった。

先生《せんせい》への想《おも》いを
つのらせていくすずめ。
いっぽう、馬村《まむら》にも
告白《こくはく》されて……

すずめの気持《きも》ちを
めぐって
先生《せんせい》と馬村《まむら》は
ぶつかりあう。

すずめの気持《きも》ちのゆくえは——?

ひるなかの流星

映画ノベライズ　みらい文庫版

はのまきみ・著
やまもり三香・原作

集英社みらい文庫

はじめての東京《とうきょう》

「……異次元《いじげん》。東京《とうきょう》、異次元《いじげん》……!!」
ここは東京《とうきょう》、吉祥寺《きちじょうじ》。
駅前《えきまえ》はあっちもこっちも人《ひと》、人《ひと》、人《ひと》。
空気《くうき》は悪《わる》いし、暑《あつ》いし、頭《あたま》がクラクラする。
私《わたし》、与謝野《よさの》すずめは、高校《こうこう》二年生《ねんせい》、十六歳《さい》にしてはじめて、東京《とうきょう》という大都会《だいとかい》へきた。
というのも——。
夏休《なつやす》みに入《はい》る少《すこ》し前《まえ》の休日《きゅうじつ》。
家族《かぞく》三人《にん》、庭《にわ》でバーベキューをしているとき、お母《かあ》さんがとつぜん言《い》った。

「お父《とう》さん、バングラディシュに転勤《てんきん》になるんですって。ジュートの生産工場《せいさんこうじょう》の品質管理《ひんしつかんり》で」

「バ、バングラディシュ!?」

びっくりして鮎《あゆ》の串《くし》焼《や》きを落《お》としそうになっている私《わたし》に、お父《とう》さんは自慢《じまん》げにほほえむ。

「工場長《こうじょうちょう》だぞ。すごいだろー」

うん、すごいよ。すごいけれども。

「そこね、お父《とう》さんがひとりで行《い》ってパッと生活《せいかつ》できるようなとこじゃないらしいの。だから、お母《かあ》さんもいっしょに行《い》って、すずめは東京《とうきょう》に預《あず》けようかと思《おも》って」

「ええええっ!!　なんで私《わたし》は東京《とうきょう》なのっ!?」

東京《とうきょう》に住《す》んでいる諭吉《ゆきち》おじさんの家《いえ》に、私《わたし》は居候《いそうろう》することになっているそうだ。

「諭吉《ゆきち》が、すずめはぜひ東京《とうきょう》においでって。いいじゃない、都会《とかい》の女子高生《じょしこうせい》よ？　オシャレして恋《こい》とかしちゃって。あ、東京《とうきょう》っておいしいお魚《さかな》も集《あつ》まるんだって。すずめ、魚好《さかなす》きでしょ？」

いやいやいやお母《かあ》さん、そういう問題《もんだい》じゃないから！

私《わたし》、この田舎《いなか》から出《で》たことないんだよ？

山《やま》と田《た》んぼと畑《はたけ》だらけで、コンビニもないこの田舎《いなか》から。


——というわけで、私《わたし》は東京《とうきょう》にいる。

今《いま》は夏《なつ》。東京《とうきょう》の夏《なつ》って、すごく暑《あつ》いな。

アスファルトの照《て》りかえしで、足元《あしもと》からじりじり暑《あつ》い。

それに、まわりじゅう音《おと》だらけなのも暑《あつ》くるしい。

人《ひと》の話《はな》し声《ごえ》、お店《みせ》の呼《よ》びこみ、ひっきりなしに通《とお》る車《くるま》の音《おと》……音《おと》に酔《よ》っちゃいそうだよ。

「ふう……」

地図《ちず》は持《も》ってるけど、どうやって見《み》たらいいんだか。

駅前《えきまえ》を出発《しゅっぱつ》して、おじさんの家《いえ》があるらしいエリアまできたところで、完全《かんぜん》に道《みち》に迷《まよ》ってしまった。

こういうときは、だれかに聞《き》くに限《かぎ》る。あのおじいちゃんなら知《し》ってるかも。

「すみません。熊本諭吉《くまもとゆきち》っていう人《ひと》の家《いえ》を探《さが》してるんですけど……」

「え？　知《し》らないけど。なに、その人《ひと》は有名人《ゆうめいじん》かい？」

ううう、こんなに家《いえ》がたくさんあるんだから、名前《なまえ》を言《い》ってもわからないよね。

あの若《わか》い女《おんな》の人《ひと》たちなら、わかるかな？

「すみません。ええと、この住所《じゅうしょ》の家《いえ》を探《さが》しているんですけど」

「わたしたちも、このへんはじめてなんですよぉ」

そっか。東京《とうきょう》では、歩《ある》いてる人《ひと》がみんな地元《じもと》の人《ひと》とは限《かぎ》らないんだ。

あっちにいる犬《いぬ》連《づ》れのおばさんは、地元《じもと》の人《ひと》っぽい。

「すみま……」

「あー、ごめんなさい」

話《はなし》も聞《き》かずに、早足《はやあし》で行《い》っちゃった。私《わたし》はおばさんのうしろ姿《すがた》に「すみません……」と小声《こごえ》で謝《あやま》る。


しばらく探《さが》したけど、おじさんの家《いえ》は見《み》つからない。

つかれすぎて、もうグッタリだよ。

私《わたし》は公園《こうえん》を見《み》つけて、ベンチに座《すわ》った。ここなら木《き》や池《いけ》もあるし、少《すこ》しは涼《すず》しい。

「地元《じもと》だったら、だれかに聞《き》けばすぐわかるのに。帰《かえ》りたいなぁ。私《わたし》だけ東京《とうきょう》とか、勝手《かって》に決《き》めてさ……」

体《からだ》がだるいな。熱《ねつ》、あるのかな。

途方《とほう》に暮《く》れて、思《おも》わず空《そら》を見《み》たそのとき。

キラッ。

木《き》の枝《えだ》のむこう、空《そら》の高《たか》いところで、なにかがキラリと光《ひか》っていた。

「こういうの、前《まえ》にもあったな。小学校《しょうがっこう》のとき……」

小学校《しょうがっこう》のとき、熱《ねつ》を出《だ》して早退《そうたい》したことがある。

家《いえ》に帰《かえ》るとちゅうで、真昼《まひる》の明《あか》るい空《そら》に、星《ほし》が光《ひか》っているのを見《み》つけたんだ。

私《わたし》は興奮《こうふん》して、光《ひか》る星《ほし》を追《お》いかけた。

そのあいだずっと、わくわくして、ドキドキして、うれしかったのを覚《おぼ》えている。

「あの星《ほし》は、いったいなんだったんだろう」

でも東京《とうきょう》の狭《せま》い空《そら》じゃ、あんなキレイな星《ほし》なんて見《み》えないかもしれない。

うーん……なんだか……視界《しかい》がぼんやりかすんできた。

目《め》の前《まえ》にだれかいるみたい……な気《き》がするけど……これは……夢《ゆめ》？


人影《ひとかげ》は、ぐらりと倒《たお》れそうになった私《わたし》の体《からだ》を、両手《りょうて》で支《ささ》えてくれた。

そして、私《わたし》の体《からだ》を軽々《かるがる》とおんぶして歩《ある》きだした。

もうろうとする意識《いしき》の中《なか》、少《すこ》しまぶたをあけると、その人《ひと》の首筋《くびすじ》が目《め》に入《はい》る。

そこにぽつんと、小《ちい》さなほくろが――。

私《わたし》の流《なが》れ星《ぼし》、こんなところにあった。

「……んん？」

目《め》が覚《さ》めると、私《わたし》は知《し》らない家《いえ》のソファの上《うえ》で横《よこ》になっていた。

ここどこ⁉

「あ、起《お》きた」

そう言《い》って私《わたし》をのぞきこんだのは、見《み》知《し》らぬ男《おとこ》の人《ひと》。

年齢《ねんれい》は二十代《だい》くらいで、夏《なつ》なのにポンポンがついたニット帽《ぼう》をかぶって、古着《ふるぎ》みたいなヨレヨレのチェック柄《がら》シャツを着《き》て、黒縁《くろぶち》メガネ。

だだだだれですかあなた⁉

私《わたし》がおびえていると、べつの方向《ほうこう》から聞《き》き覚《おぼ》えのある声《こえ》がした。

「すーずーめーっ！　ごめんな、心細《こころぼそ》かっただろ？」

諭吉《ゆきち》おじさんだ！

「あの……ここはどこでしょうか……」

おじさんは泣《な》きそうな顔《かお》をして、起《お》きあがった私《わたし》をぶんぶんゆさぶった。

「おじさんのお店《みせ》だよ。大丈夫《だいじょうぶ》だったかい？」

そこは諭吉《ゆきち》おじさんが経営《けいえい》しているカフェだった。

ガラス張《ば》りの明《あか》るい店内《てんない》。センスよさそうな家具《かぐ》。それにコーヒーのいいかおり。

お母《かあ》さんから話《はなし》は聞《き》いていたけど、すごくオシャレなお店《みせ》だな。いかにも東京《とうきょう》ってかんじ。

ここがカフェということは……公園《こうえん》のベンチでグッタリしていたところまでは覚《おぼ》えている。

でもそのあと私《わたし》、どうやってここまできたんだろう……？

そんなことを考《かんが》えながら、あたりを見回《みまわ》していたら、私《わたし》はいいものを見《み》つけてしまった。

「お寿司《すし》だ……!!」

テーブルの上《うえ》に、どーんと寿司桶《すしおけ》が置《お》いてある。

マグロにハマチ、コハダ、サーモン。大《おお》きなネタののったにぎりのほかに、イクラとウニの軍艦巻《ぐんかんま》きもあるし、ネギトロ巻《ま》きもある！

「うん。すずめは魚《さかな》が好《す》きって聞《き》いてたからね。具合《ぐあい》どう？　食《た》べられる？」

うんうんうん。大好《だいす》きです、具合大丈夫《ぐあいだいじょうぶ》です、食《た》べられますっ！

私《わたし》は思《おも》わずニコニコ顔《がお》になって、お寿司《すし》に手《て》を伸《の》ばした。

「ハハハ。腹減《はらへ》って倒《たお》れたんじゃない？」

私《わたし》の横《よこ》で、あの男《おとこ》の人《ひと》が笑《わら》った。さっきからずっといるけど、だれなの？

おじさんが「元気《げんき》になってよかったよ」とお茶《ちゃ》を出《だ》してくれる。

「ありがとうございます。東京《とうきょう》のお寿司《すし》、おいしいです。コハダ最高《さいこう》です」

おじさんの代《か》わりに、あの男《おとこ》の人《ひと》が返事《へんじ》をした。

「へー。コハダすか。ツウだねえ」

だから、だれなんですかこの人《ひと》。あやしすぎんるんですけど！

だって、チャラいし。黒縁《くろぶち》メガネさえ、なんだかあやしく見《み》えてくる。

私《わたし》が男《おとこ》の人《ひと》をにらんでいると、おじさんがフォローした。

「彼《かれ》は大学《だいがく》の後輩《こうはい》の獅子尾《ししお》くん。この店《みせ》の常連《じょうれん》なんだ」

私《わたし》はお寿司《すし》を口《くち》に入《い》れたまま、ぺこっと小《ちい》さくおじぎをした。

それを見《み》て、おじさんが笑《わら》う。

「そんなに警戒《けいかい》しなくても大丈夫《だいじょうぶ》だよ。こう見《み》えてちゃんとしたヤツだから。彼《かれ》がすずめをここに連《つ》れてきてくれたんだ」

獅子尾《ししお》さんは、てれたようにヘラヘラしてしゃべりだす。

「いやー、行《い》き倒《だお》れの女《おんな》の子《こ》とか、どう助《たす》けりゃいいのって思《おも》ってたら、なんか地図《ちず》に諭《ゆ》吉《きち》さんの名前《なまえ》があるからビックリして。で、とりあえず連絡《れんらく》したってわけだよ」

そうだったのか。私《わたし》はあわててお寿司《すし》を飲《の》みこんだ。

「ほんと、ありがとうございま――」

お礼《れい》を言《い》いかけた私《わたし》に、獅子尾《ししお》さんがぐいっと近《ちか》づいてきた。

「ねー、すずめって本名《ほんみょう》？」

近《ちか》いですってば。私《わたし》は思《おも》わず少《すこ》し離《はな》れる。

「はい。与謝野《よさの》すずめです」

「へー。じゃ、ちゅんちゅんだな！」

「ちゅ……？」

「よろしくねっ。ちゅんちゅん！」

は？

引《ひ》き気味《ぎみ》な私《わたし》をしりめに、獅子尾《ししお》さんは「俺《おれ》もカッパ食《く》っていい?」とか言《い》いながらカッパ巻《ま》きをほおばっている。

東京《とうきょう》にきて最初《さいしょ》にわかったこと。

東京《とうきょう》の男《おとこ》の人《ひと》は……軽《かる》い!!

九月《がつ》、東京《とうきょう》での初登校《はつとうこう》の日《ひ》。

髪型《かみがた》は、田舎《いなか》にいたときと同《おな》じ三《み》つ編《あ》みにした。これしか思《おも》いつかなくて。

制服《せいふく》は田舎《いなか》で使《つか》っていたセーラー服《ふく》。新《あたら》しいブレザーの制服《せいふく》が届《とど》くまでは、これで通学《つうがく》することになっている。

高校《こうこう》の門《もん》をくぐって、私《わたし》はおどろいた。

みんなあかぬけてる! 制服《せいふく》のスカート、短《みじか》い!

これが東京《とうきょう》かっ！

「うう……なんか緊張《きんちょう》してきた」

ガチガチに固《かた》まったまま廊下《ろうか》を歩《ある》いていると、うしろからだれかに呼《よ》ばれた。

「おーい、ちゅんちゅん」

ん？　今《いま》、ちゅんちゅんって聞《き》こえたような……。

「転校生《てんこうせい》は、先《さき》に職員室《しょくいんしつ》に行《い》かなきゃダメだぞ」

「……え？」

振《ふ》りかえると、あの男《おとこ》の人《ひと》が立《た》っていた。しかも、まるで先生《せんせい》みたいな服装《ふくそう》をしている。

ポンポンのニット帽《ぼう》は消《き》え去《さ》り、きりっとした白《しろ》シャツにネクタイだ。

「どうも。担任《たんにん》の獅子尾《ししお》です」

担任《たんにん》……なの!?

「……なんでおじさんのお店《みせ》で言《い》ってくれなかったんですか……」

獅子尾先生《ししおせんせい》は、私《わたし》がうろたえているのをスルー。手《て》にした書類《しょるい》を見《み》て説明《せつめい》をしながら歩《ある》きだす。

「えーと、与謝野《よさの》すずめさん。制服《せいふく》と教科書《きょうかしょ》の注文《ちゅうもん》はすんでるね。職員室《しょくいんしつ》で移動教室《いどうきょうしつ》の申《もうし》込書《こみしょ》を渡《わた》します。あと、健康診断《けんこうしんだん》は個人《こじん》で受《う》けることになるから」

「は、はい」

私《わたし》は早足《はやあし》で歩《ある》く獅子尾先生《ししおせんせい》のあとを、必死《ひっし》についていった。

東京《とうきょう》にきて二番目《ばんめ》にわかったこと。

東京《とうきょう》は、思《おも》ったより、狭《せま》い！

■友《とも》だちになって！

先生《せんせい》といっしょに教室《きょうしつ》に入《はい》った私《わたし》は、クラスメートの前《まえ》で自己紹介《じこしょうかい》をした。

「じゃあ与謝野《よさの》。席《せき》は馬村《まむら》のとなりね。あそこ」

先生《せんせい》が指《ゆび》さしたところに、席《せき》がひとつ空《あ》いていた。

そのとなりの席《せき》の馬村《まむら》くんっていう男子《だんし》は、ホームルームなのにヘッドフォンをして音《おん》楽《がく》を聞《き》いてる。

めっちゃ聞《き》いてるんですけど。

そんなことしてても大丈夫《だいじょうぶ》なの？　だとしたら、東京《とうきょう》ってすごいな。

馬村《まむら》くんは、横《よこ》で私《わたし》がガタガタ椅子《いす》を引《ひ》いても無反応《むはんのう》。ぼんやり窓《まど》の外《そと》を見《み》ている。

「馬村《まむら》、聞《き》こえてる？　それはずせよ。もう授業《じゅぎょう》だよ」

獅子尾《ししお》先生《せんせい》に注意《ちゅうい》され、馬村《まむら》くんはだまってヘッドフォンをはずす。だよね。東京《とうきょう》だって、それはダメですよね。

それにしても、色白《いろじろ》できれいな横顔《よこがお》だな。

おとなりさんだし、いちおう挨拶《あいさつ》しておかないと。教科書《きょうかしょ》も見《み》せてほしいし。

「あの……与謝野《よさの》です。よろしく。まだ教科書《きょうかしょ》、そろってな……」

言《い》い終《お》わる前《まえ》に、馬村《まむら》くんは私《わたし》のほうへ教科書《きょうかしょ》を突《つ》きだす。

「あ、ありがとう」

私《わたし》が机《つくえ》と椅子《いす》を動《うご》かして教科書《きょうかしょ》に近《ちか》づくと、馬村《まむら》くんはサッとよけた。

なぜよける!?

教科書《きょうかしょ》がたわんでよく見《み》えないよ。見《み》えるように手《て》で押《お》さえようとした拍子《ひょうし》に、ちょっとだけ馬村《まむら》くんの手《て》と私《わたし》の手《て》がぶつかってしまった。

すると、馬村《まむら》くんはものすごいいきおいで手《て》をひっこめた。

さらには、教科書《きょうかしょ》を私《わたし》のほうに投《な》げる。

「いらね。ひとりで使《つか》えば？」

「えっ!?」

なになに、なんなの？　この人《ひと》、ものすっごくカンジ悪《わる》い！

お昼休《ひるやす》みのチャイムが鳴《な》ると、私《わたし》はひとりぼっちになった。友《とも》だちができていないと、こういうときにつらい。

廊下《ろうか》へ出《で》ると、獅子尾《ししお》先生《せんせい》が、見《み》た目《め》のハデな男子生徒《だんしせいと》たちと話《はな》していた。

「あのさ。最低限《さいていげん》、地理《ちり》の知識《ちしき》もないと世界史《せかいし》だって理解《りかい》できないわけよ」

先生《せんせい》の担当科目《たんとうかもく》は世界史《せかいし》。

ああいう、いかにもやんちゃそうな生徒《せいと》からも、先生《せんせい》は慕《した》われているんだな。行《い》き倒《だお》れの私《わたし》を助《たす》けてくれたくらいだから、きっと面倒見《めんどうみ》はいい人《ひと》なんだ。

「えー。じゃあ、全部勉強《ぜんぶべんきょう》しろってこと？」

「てか俺《おれ》、この問題《もんだい》の日本語《にほんご》わかんねーし」

男子生徒《だんしせいと》たちの言《い》いぶんに、先生《せんせい》は笑《わら》う。

「じゃ、おまえは国語《こくご》からだな」

その声《こえ》を遠《とお》くに聞《き》きながら、私《わたし》は廊下《ろうか》を離《はな》れて、屋上《おくじょう》へむかった。

お弁当《べんとう》を持《も》って。

「はぁぁぁぁ……」

屋上《おくじょう》は落《お》ちつく。田舎《いなか》の高校《こうこう》でも、私《わたし》はよく屋上《おくじょう》でぼーっとしてたっけ。

お弁当《べんとう》のだし巻《ま》き卵《たまご》をぱくっと食《た》べた。

おじさんの作《つく》っただし巻《ま》き、おいしい。

カフェをやっているだけあって、おじさんは料理上手《りょうりじょうず》だ。

ひとしきり食《た》べて、私《わたし》はあおむけに寝《ね》そべった。

空《そら》がきれい。

さびしい気持《きも》ちをごまかしたくて、横向《よこむ》きにゴロゴロ転《ころ》がっていると、とつぜんだれかに呼《よ》びかけられた。

「どした、こんなとこで」

はっとして体《からだ》を起《お》こすと、獅子尾先生《ししおせんせい》が立《た》っていた。あわてて正座《せいざ》をする。

「あ……いえ……見晴《みは》らしいいなって。先生《せんせい》は？」

「んー。ときどきくるんだよね。でもここ、本当《ほんとう》は立《た》ち入《い》り禁止《きんし》なんだよ」

「えっ、そうなんですか!?」

大急《おおいそ》ぎでお弁当箱《べんとうばこ》を片《かた》づけはじめると、先生《せんせい》はいたずらっ子《こ》のように笑《わら》った。

「うそうそ。んなわけないじゃん」

「え？」

「でも内緒《ないしょ》ね」

「もう、どっちなんですか！」

先生《せんせい》は、ハハハとさも面白《おもしろ》そうに笑《わら》い、ぐっと顔《かお》をよせてくる。

だから、近《ちか》いですってば。先生《せんせい》の距離感《きょりかん》、おかしいですからっ。

「どう？　友《とも》だちできそう？」

「どうですかね。地元《じもと》では、みんな生《う》まれたときから友《とも》だちだったから。でもこっちでは、自分《じぶん》から声《こえ》かけなきゃいけないし、ちょっとコワいな、って」

「そっか。でも、そうむずかしく考《かんが》えることないんじゃないの？」

「……はい」

「さらっと言《い》ってみれば？　友《とも》だちになろうって。もし俺《おれ》が生徒《せいと》で、ちゅんちゅんにそう言《い》われたら、ふつうにうれしいと思《おも》うよ」

そうなの……かな。

「まあ、それでダメだったら、弁当《べんとう》くらいいっしょに食《く》ってやるよ。ね？」

先生《せんせい》の大《おお》きな手《て》が、私《わたし》の頭《あたま》の上《うえ》にポンと置《お》かれた。

そんなことされたら、なんだか胸《むね》がドキドキして、困《こま》る。

恥《は》ずかしくなった私《わたし》が、そーっと頭《あたま》をどかしたら、先生《せんせい》はふきだした。

「あ、よけたな」

へへへ、よけました。だって恥《は》ずかしいし。

でも、先生《せんせい》のおかげで勇気《ゆうき》がわいてきたよ。

思《おも》い切《き》ってだれかに言《い》ってみよう。「友《とも》だちになって」って。

ところが結局《けっきょく》、だれにも「友《とも》だちになって」と言《い》えないまま、下校時間《げこうじかん》に……。

まあ、今日《きょう》がダメでも明日《あした》があるしねっ！

……なんて考《かんが》えながら昇降口《しょうこうぐち》へ行《い》くと、馬村《まむら》くんがいた。

私《わたし》のことは、完全無視《かんぜんむし》。カンジ悪《わる》っ。

でも、どうしようかな。話《はな》しかけようかな。もしかしたら、今《いま》が友《とも》だちを作《つく》るチャンスかもしれない。あああ、早《はや》くしないと馬村《まむら》くん、帰《かえ》っちゃう。

「まっ、馬村《まむら》くん!!」

思《おも》い切《き》って、大《おお》きな声《こえ》で呼《よ》び止《と》める。あまりに大声《おおごえ》だったせいか、馬村《まむら》くんはビクッとその場《ば》で固《かた》まった。

「あの……教科書《きょうかしょ》、貸《か》してくれてありがとう」

「……ああ」

反応《はんのう》うすっ！

しかも、あからさまに「めんどくせ」って顔《かお》して、この場《ば》を去《さ》ろうとする。

「ちょ……まだ話《はなし》が……待《ま》ってよ！」

馬村《まむら》くんめ。ここまできたら、ぜったい友《とも》だちになってやるっ！

私《わたし》は立《た》ち去《さ》ろうとする馬村《まむら》くんの手首《てくび》をがっちりつかんだ。

馬村《まむら》くんは「ひっ！」と息《いき》をのんで、その場《ば》で動《うご》かなくなった。

その顔《かお》が、みるみる赤《あか》くなっていく。

「な、なにすんだよっ！」

と、馬村《まむら》くんは私《わたし》の手《て》を振《ふ》り払《はら》い、顔《かお》を手《て》のひらで覆《おお》って隠《かく》した。でも、真《ま》っ赤《か》な顔《かお》は
ぜんぜん隠《かく》しきれていない。

あれ？　なんかヘンだな。

私《わたし》は、もう一度《いちど》たしかめてみようと思《おも》って、人差《ひとさ》し指《ゆび》でツンとつっついた。

「やめろ」

ツン、ツン。ツン。今度《こんど》は三回《かい》、フェンシングみたいなかんじでつっつく。

「わっ、おい、マジで……」

ええい、両手《りょうて》でつっついてやる。

「やめろ！　マジでっ!!」

あ、キレたな。もしかしてこの人《ひと》、女子《じょし》に免疫《めんえき》ない？　かっこつけてるとか、冷《つめ》たいとかじゃなくて、そういうこと？　ただの赤面症《せきめんしょう》？

「女子《じょし》が苦手《にがて》なの？」

馬村《まむら》くんは、私《わたし》のことをギロッとにらんだ。

「……このことだれかに言《い》ったら、ぶっコロす」

やっぱりそうなんだ。女子《じょし》が苦手《にがて》で赤面症《せきめんしょう》だってことを、かくしてるんだ。

「うん。わかったよ。でもその代《か》わりに、友《とも》だちになって」

「は？　なんで俺《おれ》が。ほか当《あ》たれよ」

「だって、席《せき》がとなりだから」

「は？」

「私《わたし》、となりの人《ひと》とは、朝《あさ》、おはようとか、お弁当《べんとう》のときにちょっとしゃべったりとか、したい。それだけ。だから……」

私《わたし》はぺこりと頭《あたま》をさげた。

「……友《とも》だちになってください。お願《ねが》いします、馬村《まむら》くん！」

馬村《まむら》くんは、ちょっと考《かんが》えているみたいだった。

少《すこ》し間《ま》があって、ぼそっとつぶやくような声《こえ》が聞《き》こえてくる。

「……呼《よ》び方《かた》、馬村《まむら》でいい」

うれしくて顔《かお》を上《あ》げると、馬村《まむら》くんは「だれかに言《い》ったら、マジコロスかんな」とまた繰《く》りかえして、すたすた歩《ある》いていってしまった。


やった、友《とも》だちひとりゲット！


さっそく次《つぎ》の朝《あさ》、通学路《つうがくろ》で見《み》つけた馬村《まむら》に、元気《げんき》よく挨拶《あいさつ》した。

「おはよー」

馬村《まむら》は私《わたし》をチラ見《み》しただけで、返事《へんじ》もせずに歩《ある》いていく。

ちょ……無視《むし》ってどーゆーことよ。

ムカついた私《わたし》は、追《お》いかけていって馬村《まむら》の背中《せなか》をバッグでバコンとたたいてやった。

「……いっ！　なにすんだよ！」

私《わたし》はまわりに聞《き》こえないように、小声《こごえ》でささやいた。

「だって、触《さわ》っちゃダメなんでしょ。だからバッグで」

早足《はやあし》で歩《ある》く馬村《まむら》を追《お》いかける。

「こういうとき、肩《かた》バシーンとかできないのって、さびしいよ。それに挨拶《あいさつ》したのに無視《むし》とか、ふつうに傷《きず》つく。でも、バッグでたたくのはちょっとやりすぎた。ごめん」

馬村《まむら》は、一瞬《いっしゅん》、立《た》ち止《ど》まった。

「……悪《わる》かったよ」

えっ？

まさか謝《あやま》るなんて思《おも》ってもみなかったから、ちょっとおどろいた。

「悪《わる》かった。つぎから無視《むし》とかしねーから」

「……うん」

「てか、なんで俺《おれ》が謝《あやま》んの？　なぐられてんのに」

「ごめん。つい、地元《じもと》のかんじで、バコンってやっちゃった」

「おまえ、どんな付《つ》き合《あ》いしてきたんだよ」

どんなって。田舎《いなか》ではだいたいの人《ひと》が顔見知《かおみし》りで、みんな家族《かぞく》みたいなものだった。

でもここでは、自分《じぶん》から「仲間《なかま》に入《い》れて」って言《い》わないとなにもはじまらない。

だから、少《すこ》しずつでもいいから変《か》えていきたいんだ。


馬村《まむら》と話《はな》しながら教室《きょうしつ》へ入《はい》ると「馬村《まむら》が女子《じょし》としゃべってる……」という声《こえ》が聞《き》こえてきた。

見《み》ると、男子《だんし》がふたり、おどろいた顔《かお》でこっちを見《み》ている。

ふたりはお互《たが》いに目《め》くばせをすると、馬村《まむら》の席《せき》にやってきた。

「なあ馬村《まむら》。〝移動教室《いどうきょうしつ》〟のグループ分《わ》け、今日《きょう》までだって。どうする？」

と話《はな》しかけている、活発《かっぱつ》そうな男子《だんし》は、えっと……たしか猿丸《さるまる》くん。

「女子《じょし》入《い》れないとダメみたいだよ」

と馬村《まむら》にパンフレットを見《み》せている、優等生《ゆうとうせい》タイプの男子《だんし》は、犬飼《いぬかい》くんだったかな。

そういえば、私《わたし》もパンフレットをもらってたんだ。

移動教室《いどうきょうしつ》は、山間《やまあい》の宿舎《しゅくしゃ》に一泊《いっぱく》する学校行事《がっこうぎょうじ》。このさい私《わたし》も、馬村《まむら》たちのグループに入《い》れてもらっちゃおうかな。

「あの、馬村《まむら》……」

すると、鈴《すず》みたいによく響《ひび》く女子《じょし》の声《こえ》が、私《わたし》の背後《はいご》から割《わ》りこんできた。

「おはよう、与謝野《よさの》さん」

振《ふ》りかえると、このクラスでいちばんの美少女《びしょうじょ》が、にっこり笑《わら》って立《た》っている。

すごい！　かわいい！　まるでお人形《にんぎょう》だよ、お人形《にんぎょう》！

「もしよかったらだけど、いっしょのグループにならない？」

「……え、いいの？」

「もちろん。私《わたし》は猫田《ねこた》ゆゆか。与謝野《よさの》さんと友《とも》だちになりたいなーって思《おも》ってたの。ダメ？」

そんな、ダメなわけないです。すっごくうれしいです！

「よ、よろしくお願《ねが》いします！」

私《わたし》が胸《むね》をドキドキさせながらおじぎをすると、猫田《ねこた》さんは花《はな》が咲《さ》いたようにほほえんだ。

さすが、東京《とうきょう》の美人《びじん》はちがうなー。タレントさんみたいだもん。

「よかったぁ。ねーねー、ツルちゃん、カメちゃん。与謝野《よさの》さんが同《おな》じグループになってくれるって！」

猫田《ねこた》さんに呼《よ》ばれて、女子二人《じょしふたり》が笑顔《えがお》で私《わたし》の席《せき》までやってくる。

やった、友《とも》だちがいっきにたくさん増《ふ》えた！

ツルちゃんこと鶴谷《つるたに》さんは、外国人風《がいこくじんふう》のくるくる天《てん》パヘアが大人《おとな》っぽくてかっこいい子《こ》。

カメちゃんこと亀吉《かめよし》さんは、茶髪《ちゃぱつ》マッシュルームが超個性的《ちょうこせいてき》でかわいい子《こ》。

やっぱり東京《とうきょう》の高校《こうこう》って、オシャレレベルの高《たか》い子《こ》が多《おお》いんだなー。

猿丸《さるまる》くんは興奮気味《こうふんぎみ》に、「おいマジか。これ、ゆゆかちゃんとつながるチャンスじゃね？」と犬飼《いぬかい》くんにささやいている。そして、私《わたし》たちをぐるっと指《ゆび》さした。

「グループ分《わ》け、これでよくない？　俺《おれ》ら男子三人《だんしさんにん》とこの女子四人《じょしよにん》、全員《ぜんいん》いっしょでいいっしょ？」

みんな異議《いぎ》なし。

犬飼《いぬかい》くんが「じゃ、七人《にん》ってことで」と提出用紙《ていしゅつようし》にメンバー名《めい》を書《か》いていく。

猫田《ねこた》さんは、ちょっとかがんで、座《すわ》っている馬村《まむら》に声《こえ》をかけた。

「よろしくね」

馬村《まむら》ったら、また無視《むし》してる。せっかく猫田《ねこた》さんが声《こえ》をかけてるんだから、返事《へんじ》くらいすればいいのに。ひどいヤツだな。

馬村《まむら》は猫田《ねこた》さんを無視《むし》したまま、私《わたし》につぶやく。

「おまえ、あんまからんでくんなよな」

そのとき一瞬《いっしゅん》、猫田《ねこた》さんが私《わたし》をにらんだような気《き》がしたけど……私《わたし》の思《おも》いちがいかもしれない。


移動教室《いどうきょうしつ》の当日《とうじつ》。私《わたし》たちは、全員《ぜんいん》ジャージとT《ティー》シャツ姿《すがた》で、貸切《かしきり》バスに乗《の》りこんだ。

着《つ》いた場所《ばしょ》は、私《わたし》の地元《じもと》によく似《に》た山《やま》の中《なか》。空《そら》が広《ひろ》くて、空気《くうき》がとてもきれい。

土《つち》と葉《は》っぱのにおいがするし、川《かわ》の流《なが》れる音《おと》がここちいい。

到着早々《とうちゃくそうそう》、さっそくグループに分《わ》かれてアクティビティにとりかかった。

私《わたし》たちのグループは、釣《つ》り。

私《わたし》は山育《やまそだ》ちだから、渓流釣《けいりゅうづ》りとかめちゃめちゃ得意《とくい》なんだ。おっと、また魚《さかな》が引《ひ》いてる。

巨大《きょだい》なニジマス、釣《つ》れたーっ。

となりで釣《つ》り糸《いと》を垂《た》らしている亀吉《かめよし》さんと鶴谷《つるたに》さんが、おどろいている。

「おおおお。すごーい。何匹目《なんびきめ》？」

「与謝野《よさの》さん、なんかふつうにやってた感《かん》あるね」

「うん。田舎暮《いなかぐ》らしのときは、ふつうにやってたよ」

私《わたし》の返事《へんじ》が面白《おもしろ》かったみたいで、亀吉《かめよし》さんと鶴谷《つるたに》さんは爆笑《ばくしょう》した。

「野生児《やせいじ》か！　与謝野《よさの》さん、面白《おもしろ》いよ。これからすずめって呼《よ》んでいい？」

「うん！」

「うちらのことも、ツルとカメでいいよ」

「わかった。ツルちゃんと、カメちゃんね。なんかうれしいな」

私《わたし》たち三人《にん》はすっかり仲良《なかよ》しになり、釣《つ》りなんかそっちのけでおしゃべりをしていた。

ふと見《み》ると、少《すこ》し離《はな》れた川《かわ》べりに、猫田《ねこた》さんと馬村《まむら》がならんで座《すわ》っていた。かすかに話《はな》し声《ごえ》が聞《き》こえてくる。

「釣《つ》れた？」

馬村《まむら》は返事《へんじ》をしない。また猫田《ねこた》さんのことを無視《むし》してる。

でも猫田《ねこた》さんは、まったくくじけず、明《あか》るく話《はな》しかけていた。

「友《とも》だちとこういうところにくるのって、いいね」

馬村《まむら》はだまったまま、釣《つ》りざおを上《あ》げた。針《はり》だけになっている。

「あはは。エサ、取《と》られちゃってるよ、馬村《まむら》くん」

すると、馬村《まむら》が冷《つめ》たく言《い》い放《はな》つ。

「俺《おれ》、べつにあんたと友《とも》だちじゃないよね？」

気《き》まずそうに笑顔《えがお》を浮《う》かべる猫田《ねこた》さんを置《お》いて馬村《まむら》は立《た》ちあがり、釣《つ》りざおとエサを私《わたし》のところへ持《も》ってくる。

「このエサ、おまえにやる。俺《おれ》、釣《つ》りのセンスないわ」

まさか、釣《つ》れなくて、猫田《ねこた》さんに当《あ》たってたの？

猫田《ねこた》さんがくやしそうに口《くち》を結《むす》んで、私《わたし》のほうを見《み》ている。

「馬村《まむら》、エサ触《さわ》るの苦手《にがて》？　つけてあげよっか」

「そんなんじゃねーって」

「釣《つ》ればいいのに、もったいないよ。貸《か》して」

「いいっつってんだろ」

馬村《まむら》はふてくされたまま行《い》ってしまった。

猫田《ねこた》さんが、すっと立《た》ちあがり、私《わたし》のほうへ近《ちか》づいてきた。

「与謝野《よさの》さん」

「ん？」

「あれー、聞《き》いてない？　キャンプファイヤーの係《かかり》の人《ひと》は、薪《まき》を運《はこ》ぶから薪小屋《まきごや》にきてって、さっき獅子尾《ししお》先生《せんせい》が言《い》ってた」

あちゃ。それ、聞《き》き逃《のが》してたよ。

「薪小屋《まきごや》ってどこだっけ？」

猫田《ねこた》さんは、林《はやし》の奥《おく》のほうを指《ゆび》さした。

「この道《みち》の、少《すこ》し上《あ》がったところだったと思《おも》う」

「ありがと。行《い》ってくるね！」

私《わたし》は釣《つ》りざおとエサを置《お》いて、猫田《ねこた》さんが教《おし》えてくれた道《みち》を上《あ》がっていった。


空《そら》が曇《くも》りはじめ、まだ夕方《ゆうがた》にもなっていないのに、あたりが薄暗《うすぐら》くなってきた。

雨《あめ》が降《ふ》らないといいんだけどな、と思《おも》いながら林《はやし》を進《すす》む。

だけど、けっこう歩《ある》いたのに、薪小屋《まきごや》なんてどこにもない。

それに、ほかのキャンプファイヤー係《がかり》の人《ひと》も見《み》かけない。

風《かぜ》が出《で》てきて、雲《くも》の動《うご》きが速《はや》くなる。木《き》の枝《えだ》がざわざわ音《おと》を立《た》てはじめた。

「まずい……また迷《まよ》った」

東京《とうきょう》に出《で》てきてからの私《わたし》は、道《みち》に迷《まよ》ってばっかりだ。

ケータイは圏外《けんがい》だし。これって、まさかの大《だい》ピンチじゃない？

こういうときはきっと、薪小屋《まきごや》を探《さが》すのはあきらめて、釣《つ》りをしていた場所《ばしょ》へ戻《もど》ったほうがいいんだよね。でも、どっちからきたんだっけ？

どこも風景《ふうけい》が似《に》ていて、ぜんぜんわからない。

そのとき。

ふと、「遭難《そうなん》」の二文字《ふたもじ》が頭《あたま》をよぎった。

「……どうしよ……」

「おい」

この声《こえ》。私《わたし》ははっとして振《ふ》りかえった。

「馬村《まむら》！」

「おまえ、山育《やまそだ》ちのくせに山《やま》で迷子《まいご》ってどうよ」

そうつっこまれると、なんだか恥《は》ずかしい。私《わたし》は苦《くる》しい言《い》い訳《わけ》をしながら道《みち》の端《はし》を歩《ある》きだす。

「いや、あの、迷《まよ》ってない、迷《まよ》ってないよ！　今《いま》、帰《かえ》ろうとしたと——」

ズルッ。

湿《しめ》った土《つち》に足《あし》が滑《すべ》り、バランスをくずす。

道《みち》の下《した》は、急斜面《きゅうしゃめん》の崖《がけ》だ。

「あ……!!」

落《お》ちる！　思《おも》わず伸《の》ばした私《わたし》の腕《うで》を、馬村《まむら》がつかむ。

「おいっ!!」

でも、その馬村《まむら》もいっしょに、私《わたし》たちはザザザザッと落《お》ち葉《ば》を巻《ま》きあげながら、崖《がけ》の下《した》へ滑《すべ》り落《お》ちていった。

そのころ、宿舎《しゅくしゃ》では「与謝野《よさの》と馬村《まむら》がいない」と大騒《おおさわ》ぎになっていたそうだ。

もちろん、崖《がけ》に落《お》ちた私《わたし》たちは知《し》るよしもなかったけれど。

■恋《こい》がはじまる日《ひ》

「ほんとおまえ、落《お》ちるとかマジありえねーから」

「ごめん」

馬村《まむら》も私《わたし》も、服《ふく》が泥《どろ》まみれ。馬村《まむら》はジャージの上着《うわぎ》を着《き》ているけれど、私《わたし》は半《はん》そでのT《ティー》シャツだけだったから、腕《うで》もちょっとすりむいた。

ラッキーなことに、大《おお》きなケガはしていない。どうにか立《た》ちあがって歩《ある》きだす。

馬村《まむら》はぶすっとした顔《かお》で、林《はやし》の中《なか》を見《み》まわしてつぶやく。

「つたく、これ、道合《みちあ》ってんのかな」

私《わたし》は、ななめ前《まえ》を歩《ある》く馬村《まむら》の背中《せなか》を見《み》つめた。

この人《ひと》、やさしいのか冷《つめ》たいのか、よくわかんないや。

「馬村《まむら》、なんでさっき手《て》をつかんでくれたの？　女子苦手《じょしにがて》なのに」

「人《ひと》が落《お》ちそうになってんのに、んなこと言《い》ってられっかよ」

それはそうか。

「でもさ、どうしてそんなに女《おんな》の人《ひと》が苦手《にがて》なの？」

馬村《まむら》は、少《すこ》し振《ふ》りかえって、私《わたし》のことをにらんだ。

「あー、いいですいいです。すいません、変《へん》なこと聞《き》いて」

すると思《おも》いがけず、馬村《まむら》は正直《しょうじき》に話《はな》しだした。

「九割《わり》がた、ウザい」

「え？」

「あと一割《わり》は、慣《な》れてねーから、どう接《せっ》していいかわかんねー」

慣《な》れてないって、どういうことだろう。

「うち、俺《おれ》がガキんとき母親《ははおや》が家《いえ》出《で》て、オヤジと弟《おとうと》しかいねーから」

そうだったんだ……。

おどろいた私《わたし》は、思《おも》わず馬村《まむら》の横顔《よこがお》をじっと見《み》つめてしまう。それに気《き》づいた馬村《まむら》が、
またにらんだ。

でもこんどは、ちょっと困《こま》ったような目《め》をしている。

「……んだよ」

「なんだか、話《はな》してくれてすっごいうれしいよ」

馬村《まむら》の顔《かお》が、心《こころ》なしか赤《あか》くなる。

私《わたし》はふふっとほほえんだ。

だって、本当《ほんとう》にうれしかったんだ。はじめて馬村《まむら》が、まともに自分《じぶん》の話《はなし》をしてくれたから。

たぶん、この人《ひと》は不器用《ぶきよう》なんだ。冷《つめ》たいわけじゃない。

「おまえ、このヤバい状況《じょうきょう》、わかってんの？」

「あ、はい。すんません」

しょぼん。

「……雨《あめ》」

馬村《まむら》の声《こえ》に、私《わたし》は空《そら》を見《み》あげた。

空一面《そらいちめん》に広《ひろ》がる灰色《はいいろ》の雨雲《あまぐも》から、ポツポツと雨粒《あまつぶ》が落《お》ちてきた。

馬村《まむら》が言《い》うとおり、この状況《じょうきょう》はヤバいかも――。


私《わたし》たちは、雨宿《あまやど》りができそうな東屋《あずまや》を見《み》つけて飛《と》びこんだ。

雨《あめ》は激《はげ》しくなるばかりで、いっこうにやむ気配《けはい》がない。

おまけに、雷《かみなり》が鳴《な》りはじめた。気温《きおん》もさがってきた。

馬村《まむら》は立《た》ったまま、心配《しんぱい》そうに空《そら》を見《み》あげている。

私《わたし》はひざをかかえてベンチに座《すわ》り、冷《ひ》えた足《あし》をさすった。

「ハクシッ!!　……さぶっ」

寒気《さむけ》がして、むきだしの腕《うで》に鳥肌《とりはだ》が立《た》ち、頭《あたま》も痛《いた》くなってくる。こんなことなら、上着《うわぎ》を着《き》てくればよかったよ。

すると、なにか布《ぬの》のようなものがバフッと飛《と》んできて、私《わたし》の体《からだ》を覆《おお》った。

「……ジャージ？」

「着《き》とけば」

馬村《まむら》がジャージの上着《うわぎ》を貸《か》してくれたのだった。寒《さむ》そうにしている私《わたし》のことを気遣《きづか》ってくれたんだ。相変《あいか》わらず不機嫌《ふきげん》そうなままだけど。

私《わたし》がじっと見《み》ていたら、馬村《まむら》は文句《もんく》を言《い》う。

「だからいちいち人《ひと》の顔《かお》、ジトッと見《み》んな」

「やさしい馬村《まむら》ってブキミだね」

「返《かえ》せ」

とジャージを取《と》りかえそうとするので、私《わたし》は必死《ひっし》にしがみついた。

「うそうそ、ごめん。思《おも》ったことがつい口《くち》に出《で》た」

「おまえ、いつもごちゃごちゃうるせーんだよ」

馬村《まむら》のジャージを着《き》ると、袖《そで》が長《なが》くてちょっとあまった。雨《あめ》のせいで湿《しめ》ってるけど、それでもすごくありがたい。

「ありがと」

素直《すなお》な気持《きも》ちを言葉《ことば》にすると、馬村《まむら》は気《き》まずそうに顔《かお》をそむけた。

ジャージのおかげで、いくらか体《からだ》が温《あたた》まってくる。それでも寒気《さむけ》はなかなか取《と》れない。

私《わたし》はうなだれてため息《いき》をついた。

なんだか体《からだ》の調子《ちょうし》が変《へん》だな。

座《すわ》ってるだけなのに、頭《あたま》がぐわんぐわんする。

「……おかしいな……なんだかお腹《なか》へっちゃった」

「おい、おまえ大丈夫《だいじょうぶ》か？」

そう言《い》って、馬村《まむら》が私《わたし》の横《よこ》に座《すわ》る。

……えっと……もしかしたらダメかも。熱《ねつ》が出《で》てきたような気《き》がする。

ぐるぐる目《め》がまわり、私《わたし》はとなりにいる馬村《まむら》へ倒《たお》れてかかってしまった。

まっすぐ座《すわ》りたいのに、体《からだ》に力《ちから》が入《はい》らなくて。

「えっ？　ちょっ……」

馬村《まむら》があわてているのがわかった。

そうだよね、女子《じょし》に触《さわ》られるだけでも嫌《いや》がるのに、よりかかられたら困《こま》っちゃうよね。

でも……体《からだ》が言《い》うこと聞《き》かない。

「……ごめん。なんか、だるい」


それからどのくらい時間《じかん》が経《た》ったんだろう。数分《すうふん》？　それとも数時間《すうじかん》？

わからないけれど、馬村《まむら》の声《こえ》がして、ぼんやり目《め》をあけた。

「雨《あめ》、やんできた。歩《ある》ける？」

「……うん」

「行《い》こう。ここで夜《よる》になったらヤバいから。立《た》てるか？」

馬村《まむら》が肩《かた》を貸《か》してくれる。私《わたし》はもうろうとしながら、馬村《まむら》の肩《かた》に腕《うで》をまわした。

するとそのとき、遠《とお》くから私《わたし》たちの名前《なまえ》を呼《よ》ぶ声《こえ》が聞《き》こえてきた。

「馬村《まむら》か!?」

懐中電灯《かいちゅうでんとう》？　一筋《ひとすじ》の光《ひかり》が、私《わたし》のぼんやりした目《め》にも届《とど》く。

その光《ひかり》のむこうに、ずぶぬれになった獅子尾先生《ししおせんせい》が立《た》っていた。

「与謝野《よさの》はいっしょか!?」

馬村《まむら》がうなずく。

先生《せんせい》は私《わたし》がぐったりしているのを見《み》ておどろいたようで、慌《あわ》てて駆《か》けよってきた。

「おい、しっかりしろ！　ちゅんちゅん、おい！」

馬村《まむら》が「ちゅんちゅん？」とつぶやいたのが聞《き》こえた。

その横《よこ》で、私《わたし》は先生《せんせい》に背負《せお》われる。

先生《せんせい》の背中《せなか》は大《おお》きくて。

安心《あんしん》したせいか、少《すこ》し涙《なみだ》が出《で》てくる。

「……先生《せんせい》。なんでいつもきてくれるの？」

「ん？」

公園《こうえん》で行《い》き倒《だお》れになったときも、友《とも》だちがいなくて屋上《おくじょう》でお弁当《べんとう》を食《た》べていたときも、今《いま》も。

私《わたし》がピンチのときはいつも、先生《せんせい》が見《み》つけて、助《たす》けてくれる。

「私《わたし》、GPS《ジーピーエス》でもついてるんですか？」

先生《せんせい》がくすっと笑《わら》った。

「実《じつ》はいっこ、つけといた」

ふふ、なーんだそうだったんだ。

じゃあもう心配《しんぱい》しなくていいよね、私《わたし》。

先生《せんせい》の背中《せなか》でそんなことを考《かんが》えながら、私《わたし》はするっと眠《ねむ》りに落《お》ちた。


目《め》を覚《さ》ますと、私《わたし》はベッドに寝《ね》かされていた。どうやら宿舎《しゅくしゃ》の医務室《いむしつ》らしい。

部屋《へや》のすみの椅子《いす》に座《すわ》っているのは……獅子尾《ししお》先生《せんせい》だ。

私《わたし》はそのまま先生《せんせい》の横顔《よこがお》を見《み》ていたくて、起《お》きあがらないでいた。

視線《しせん》に気《き》づいた先生《せんせい》が振《ふ》りかえる。

「起《お》きた？」

「……はい」

私《わたし》は体《からだ》を起《お》こし、ぐしゃぐしゃになっている髪《かみ》を直《なお》して座《すわ》りなおす。

「大丈夫《だいじょうぶ》？」

「はい」

「ほんと、まいったよ」

「すみません。迷惑《めいわく》かけて」

「無事《ぶじ》だったからよかったけど、軽率《けいそつ》だよね。なんで山道《やまみち》に入《はい》ったりしたの？」

「薪小屋《まきごや》へ行《い》こうとして……」

「薪小屋《まきごや》？」

先生《せんせい》は、はじめて聞《き》いた話《はなし》だとでも言《い》いたげな顔《かお》をした。

でも、猫田《ねこた》さんは、「キャンプファイヤー係《がかり》は薪小屋《まきごや》に集合《しゅうごう》と、獅子尾先生《ししおせんせい》が言《い》った」

って……もしかして、ちがうの？

「あ、いや、なんでもないです」

今《いま》は先生《せんせい》に、よけいなことを言《い》わないほうがよさそう。……猫田《ねこた》さんとは、あとでちゃんと話《はなし》をしなくちゃ。

「ダメだよ。きみは少《すこ》し危《あぶ》なっかしいから、気《き》をつけなさい」

なにも知《し》らない先生《せんせい》に、私《わたし》は厳《きび》しく叱《しか》られた。やっぱり、叱《しか》られるとへこむな。

「……はい。すみません」

「うん、よし。じゃあ」

と、先生《せんせい》は気分《きぶん》を変《か》えるようにそう言《い》って立《た》ちあがり、とつぜん部屋《へや》の電気《でんき》を消《け》す。

「え……えっ？」

真《ま》っ暗《くら》でなにも見《み》えないんですけど！　なにがはじまるの!?

私《わたし》がおどろいてあたふたしていると、

ふわり――。

小《ちい》さな光《ひかり》が空中《くうちゅう》を飛《と》んだ。

光《ひかり》はひとつ、またひとつと増《ふ》えて、やがて部屋《へや》は光《ひかり》の粒《つぶ》でいっぱいになった。蛍《ほたる》の光《ひかり》だ。

「あ、蛍《ほたる》！」

すごいすごいすごい。蛍《ほたる》は田舎《いなか》にもいっぱいいたけど、こんなに幻想的《げんそうてき》なものだったなんて。

私《わたし》、今《いま》はじめて知《し》った気《き》がする。

「きれい。星空《ほしぞら》みたい！」

ほんのり明《あか》るくなった部屋《へや》に、獅子尾先生《ししおせんせい》の姿《すがた》が見《み》える。

小《ちい》さな箱《はこ》を手《て》にした先生《せんせい》は、私《わたし》のとなりに座《すわ》った。

そして私《わたし》のおでこに、骨《ほね》ばった手《て》を当《あ》てる。

いきなりすぎて、私《わたし》はビクッと身《み》をすくめた。そんな私《わたし》の反応《はんのう》には気《き》づいていないのか、

「よかった。熱《ねつ》、さがったみたいだね」

先生《せんせい》は立《た》ちあがり、「蛍《ほたる》、満足《まんぞく》したら窓《まど》をあけて逃《に》がしてやってね」と言《い》い残《のこ》すと、部屋《へや》から出《で》ていった。

「………」

先生《せんせい》が触《ふ》れたおでこに、私《わたし》はゆっくり手《て》を当《あ》てた。

もう熱《ねつ》はさがっているのに、私《わたし》の心《こころ》はふわふわしている。

なんだろう、このかんじ。

なんだろう。

一泊二日《いっぱくふつか》の移動教室《いどうきょうしつ》が終《お》わり、またいつもと同《おな》じ学校生活《がっこうせいかつ》がはじまった。

私《わたし》は、猫田《ねこた》さんをだれもいない体育館《たいいくかん》に呼《よ》びだした。

薪小屋《まきごや》のこと、ちゃんとしておこうと思《おも》って。

「ずっとモヤモヤしてて……ちがってたらごめん。移動教室《いどうきょうしつ》のとき、薪小屋《まきごや》に集合《しゅうごう》って、あれ、うそだったりした？」

すると、猫田《ねこた》さんの顔《かお》つきが、教室《きょうしつ》にいるときとはガラッと変《か》わった。フンと鼻《はな》で笑《わら》う。

「なんだ、つまんない。もっとバカかと思《おも》ったのに。ざーんねん」

いつもニコニコ、お花《はな》みたいな笑顔《えがお》を振《ふ》りまいているのに、今《いま》はどう見《み》ても、ただのいじわる女《おんな》だ。

「ま、いいや。私《わたし》もいい加減《かげん》、あんたにはイライラしてたし。私《わたし》、あんたと友《とも》だちになったつもり、ないから」

「……え？」

私《わたし》はびっくりしすぎて、目《め》を見開《みひら》いてしまった。

「なにその顔《かお》。まさか、本気《ほんき》で友《とも》だちとか思《おも》ってた？　やだウケんだけどー。あんたのド田舎《いなか》の友《とも》だちといっしょにしないでくれる？　てか、あんたはずーっと地元《じもと》のダッサい連《れん》中《ちゅう》とつるんでたほうがいいんじゃ――」

バチン。

私《わたし》の平手《ひらて》が、猫田《ねこた》さんのほっぺたにクリティカルヒットした。

こんどは猫田《ねこた》さんがびっくりして目《め》を見開《みひら》いている。

だって許《ゆる》せない。地元《じもと》の友《とも》だちをバカにするなんて、ぜったいに許《ゆる》せない。

「それ以上《いじょう》、地元《じもと》の悪口《わるくち》言《い》うとなぐるからっ！」

「は？　なぐってから言《い》ってんじゃないわよっ!!」

猫田《ねこた》さんはキーッと叫《さけ》ぶと、私《わたし》の髪《かみ》をつかんできた。あいたたたた！

私《わたし》はその手《て》を振《ふ》り払《はら》い、猫田《ねこた》さんの制服《せいふく》をつかんだ。

猫田《ねこた》さんが叫《さけ》ぶ。

「親《おや》にもなぐられたことないのに、なにすんのよ、このブス！」

「先《さき》に言葉《ことば》の暴力《ぼうりょく》ふるったの、そっちでしょ！」

「うまいこと言《い》ってんじゃないわよ、ブスのくせに！」

と、つかみかかってきた。

私《わたし》がその手《て》のひらをグッとわしづかみにして、二人《ふたり》はにらめっこになった。

猫田《ねこた》さんの髪《かみ》と制服《せいふく》、もうぐちゃぐちゃ。きっと私《わたし》も同《おな》じ。

「ブスブス言《い》うな！　そっちこそ内面《ないめん》ブスじゃん！」

「黙《だま》れ！　こっちは努力《どりょく》してんの。毎日《まいにち》めちゃくちゃ頑張《がんば》ってんの。なのになんで――」

猫田《ねこた》さんが、手《て》を振《ふ》りほどいて私《わたし》を突《つ》きとばす。バランスをくずした私《わたし》は吹《ふ》っとんで、床《ゆか》に尻《しり》もちをついてしまった。

「――なんであんたみたいなのが、馬村《まむら》くんと仲良《なかよ》くなれんのよっ!!」

え？

馬村《まむら》？

もしかして、猫田《ねこた》さんは馬村《まむら》のことが……。

そのとき、体育館《たいいくかん》のドアがあき、猿丸《さるまる》くんがおしゃべりしながら歩《ある》いてくるのが見《み》えた。

おしゃべりの相手《あいて》は犬飼《いぬかい》くんと、そして馬村《まむら》もいて——猫田《ねこた》さんが馬村《まむら》に気《き》づき、「あ……」と声《こえ》にならない声《こえ》をあげる。

そんな私《わたし》たちの修羅場《しゅらば》に気《き》づいたのは、猿丸《さるまる》くんだった。

「あれ？　なにやってんの？」

猫田《ねこた》さんが返事《へんじ》もできずに戸惑《とまど》っていると、馬村《まむら》は氷《こおり》のような目《め》をこっちにむけた。

能天気《のうてんき》な猿丸《さるまる》くんは、面白《おもしろ》そうにつっこんでくる。

「なになに？　もしかしてケンカ!?」

猫田《ねこた》さん、泣《な》きそうなのをぐっとこらえている。

馬村《まむら》の前《まえ》だからだ。

好《す》きな人《ひと》にこんな姿《すがた》を見《み》られたら、泣《な》きたくなるに決《き》まってる。

だって、さっき猫田《ねこた》さんは言《い》っていた。「努力《どりょく》してる、頑張《がんば》ってる」って。

それは、好《す》きな人《ひと》に見《み》てもらえるように努力《どりょく》して、頑張《がんば》ってたってこと……だよね？

とっさに私《わたし》は、猫田《ねこた》さんの首《くび》に腕《うで》をまわして、がっちりヘッドロックを決《き》めた。

猫田《ねこた》さんが「グエッ」とカエルみたいな声《こえ》をあげたけど、そんなことかまわずに。

「これは、レスリングの練習《れんしゅう》！」

「へ？」

猿丸《さるまる》くんがきょとんとする。

「私《わたし》、地元《じもと》でアマチュアレスリングやってて。猫田《ねこた》さんに練習付《れんしゅうつ》き合《あ》ってもらってたの。あ、ちょうどよかった。だれかタックル受《う》けてくんないかな？」

私《わたし》は、男子《だんし》三人《にん》をキリッと見《み》まわした。

犬飼《いぬかい》くんが引《ひ》き気味《ぎみ》に「え？」とおどろき、猿丸《さるまる》くんは「いやいやいや。遠慮《えんりょ》しとくわ」と苦笑《にがわら》いする。

馬村《まむら》は。

馬村《まむら》だけは、無表情《むひょうじょう》のまま踵《きびす》を返《かえ》した。

ヘッドロックをかけている私《わたし》と、かけられている猫田《ねこた》さんは、にっこり笑顔《えがお》で三人《にん》を見《み》送《おく》った。姿《すがた》が見《み》えなくなったころ、

「てか、痛《いた》いんだけど？」

「あ、ごめん！」

はっと気《き》づいて、私《わたし》は腕《うで》をほどく。私《わたし》たち、すっかり戦意喪失《せんいそうしつ》してしまった。

猫田《ねこた》さんが、髪《かみ》と制服《せいふく》を整《ととの》えながらつぶやく。

「……みんなに言《い》えばよかったじゃん。私《わたし》は超《ちょう》ヤなやつだって」

うーん。ヤなやつかって言《い》われたら、そうかもしれないけど、でも。

「よくわかんないけど、はじめて猫田《ねこた》さんに話《はな》しかけられたとき、私《わたし》、けっこううれしかったし。猫田《ねこた》さんはヤなやつかもしんないけど、キライなやつではない」

そうなんだ。ヤなやつイコール、キライなわけじゃない。こうやってむきあって話《はな》せる人《ひと》って、私《わたし》はキライじゃないもん。

猫田《ねこた》さんは、少《すこ》しうつむいて、勝気《かちき》にフンと笑《わら》う。

「バカバカしい。ま、よく考《かんが》えたらさ、あんたが近《ちか》くにいれば馬村《まむら》くんにも近《ちか》づけるし？友《とも》だちってことにしといてもいいけどねっ！」

「え……」

「だったらまずその見《み》た目《め》、なんとかしてよ。あんたみたいなのがとなりにいたら、私《わたし》までダサいと思《おも》われるじゃん」

「そっか。わかった」

私《わたし》はうれしくてニヤニヤしてしまう。ヤなやつだけど、やっぱりキライじゃない。

「気持《きも》ち悪《わる》いから笑《わら》うな」

猫田《ねこた》さんは、ぷりぷり怒《おこ》って背中《せなか》をむけた。

そして「ごめんねっ！」とひとこと大声《おおごえ》で言《い》い、体育館《たいいくかん》を出《で》ていった。

明日《あした》から、猫田《ねこた》さんのことを「ゆゆかちゃん」って呼《よ》ぶことにしよう。


やっと高校《こうこう》の制服《せいふく》が届《とど》いた！

ブレザーと左腕《ひだりうで》にラインの入《はい》ったセーター、首元《くびもと》にはリボン、それからチェックのスカート。

今《いま》までセーラー服《ふく》しか着《き》たことがなかったから、こういう制服《せいふく》は緊張《きんちょう》するなー。

でもコレ、一気《いっき》にあかぬけて見《み》えるんじゃない？　いつもの三《み》つ編《あ》みすらオシャレに見《み》えない？

真新《まあたら》しい制服《せいふく》を着《き》て通学路《つうがくろ》を歩《ある》いていたら、ツルちゃんとカメちゃんに会《あ》った。

「おはよー。制服《せいふく》きたんだ」とツルちゃん。

「あはっ！　なんか違和感《いわかん》あるよね」とカメちゃん。

「どっかヘン？」

ツルちゃんとカメちゃんは、なめまわすように私《わたし》を見《み》る。

「うーん……いやどっか……なんだろう。なんだろね？」

すると、いつの間《ま》にかゆゆかちゃんがとなりにいて、バッサリ切《き》り捨《す》てる。

「顔《かお》とあってない」

「え!?」

「まったく、あんたどういう美的感覚《びてきかんかく》してんの？　制服《せいふく》に合《あ》わせて、ちょっとはかわいくしようとか、ふつうあるでしょ、そういうの」

ん？

「…………」

「ないんかい！」

「う、うん……」

「あんたさ、好《す》きな人《ひと》にかわいく見《み》られたいとか、そういう願望《がんぼう》もないわけ？」

「うーん。好《す》きとかそういうの、考《かんが》えてもイマイチわかんないよ」

「あんたバカ？　考《かんが》えてわかるわけないじゃん。数学《すうがく》じゃないんだから、好《す》きに答《こた》えも理《り》由《ゆう》もいらないの。それが恋《こい》ってもんでしょ？」

「……恋《こい》？」

「まあ、いいわ。放課後《ほうかご》、私《わたし》がビシッと教《おし》えてあげるから」

な、なんだろう。放課後《ほうかご》、私《わたし》をどんな目《め》にあわせようと!?

「だから、恋《こい》はね、理屈《りくつ》じゃないの」

ゆゆかちゃんは、放課後《ほうかご》のだれもいない多目的室《たもくてきしつ》に、私《わたし》をひとり連《つ》れていった。

私《わたし》は椅子《いす》に座《すわ》らされ、メイクをされる。ついでに三《み》つ編《あ》みもほどいて、ゆるふわなヘアスタイルに。

もうほんと、なにをされるのかと気《き》が気《き》じゃなかったけど、メイクって聞《き》いてほっとしたよ。

ただし、「恋《こい》とはなにか？」についてのレッスンまでも受《う》けるはめに。

「恋《こい》は、その人《ひと》がとなりにいるだけで、気《き》づくもんなんだから」

「……へえ。となりにいるだけでね」

「ま、あんたみたいな鈍《にぶ》いイモ女《おんな》にはわかんない世界《せかい》かもね」

と、ゆゆかちゃんは鼻《はな》で笑《わら》ってから、自分《じぶん》のメイクテクニックを自画自賛《じがじさん》。

「わ、やっば。私《わたし》ってメイクの天才《てんさい》かも？　ね、写真撮《しゃしんと》ってビフォーアフターやろうよ」

「そんなにやばい？　あ、教室《きょうしつ》にケータイ置《お》いてきた。取《と》ってくる！」

「ちょっとー、まずは鏡《かがみ》、見《み》なさいよ！」

走《はし》って教室《きょうしつ》に戻《もど》ると、そこにはもうだれもいなかった。

私《わたし》はバッグの中《なか》からスマホを取《と》りだす。

教室《きょうしつ》を出《で》ようとしたところで、廊下《ろうか》から話《はな》し声《ごえ》が響《ひび》いてきた。

「あれー、獅子尾《ししお》先生《せんせい》どうしたんですか？」

「うん。教室《きょうしつ》に出席簿《しゅっせきぼ》、置《お》いてきちゃったみたいでさ」

今《いま》のはまぎれもなく先生《せんせい》の声《こえ》だ。教室《きょうしつ》に出席簿《しゅっせきぼ》ってことは……これから教室《きょうしつ》に先生《せんせい》が入《はい》ってくるってことじゃん！

「わ。どうしよ……顔《かお》……顔《かお》……顔《かお》」

ばっちりメイクの顔《かお》なんて、見《み》られたくない。ぜったいに「ププ、なんだそれ」とか笑《わら》われるに決《き》まってる。やだやだ、めちゃくちゃ恥《は》ずかしい。

そうだ、カーテン！

私《わたし》はとっさに窓《まど》に近《ちか》づき、カーテンをぐるんと巻《ま》いて身《み》を隠《かく》した。

ガラッとドアのあく音《おと》。それから、押《お》し殺《ころ》したような、くすくす笑《わら》い。

笑《わら》われた〜〜〜。

私《わたし》がカーテンの中《なか》に隠《かく》れてるってこと、完全《かんぜん》にバレてるよ。

「ちゅんちゅん、なにやってんの」

シュッと音《おと》を立《た》てて、カーテンがはがされる。

見《み》あげると、先生《せんせい》がそこにいて。

まっすぐ、目《め》が合《あ》った。

トクンと音《おと》を立《た》てて、心臓《しんぞう》が高鳴《たかな》る。

「…………」

先生《せんせい》はなにも言《い》わない。私《わたし》を見《み》つめたまま、ただおどろいたように立《た》ちすくんでいる。

いつもみたいに笑《わら》わないの？　ふざけたことを言《い》わないの？

言《い》ってくれないと、私《わたし》は……私《わたし》は……。

体《からだ》じゅうが熱《あつ》くなり、思《おも》わず私《わたし》はその場《ば》から逃《に》げだした。

教室《きょうしつ》から飛《と》びだし、廊下《ろうか》を走《はし》る。なぜかわからないけど、胸《むね》が苦《くる》しい。

うつむいて走《はし》っていたら、だれかにぶつかってしまった。

「あ、ごめん！」

「……いってーな」

馬村《まむら》か。あわてふためいている私《わたし》を見《み》て、馬村《まむら》がヘンな顔《かお》をする。

「また明日《あした》ね、馬村《まむら》！」

ごめん。今《いま》、馬村《まむら》と口《くち》ゲンカしてる場合《ばあい》じゃないんだ。

だって。

私《わたし》、たぶん、恋《こい》した。

■クリスマスはいっしょに

秋《あき》も深《ふか》まり十一月《がつ》。

私《わたし》はモヤッとしたり、うかれたり、苦《くる》しくなったりしながら毎日《まいにち》を過《す》ごした。

私《わたし》の恋《こい》の相手《あいて》は、いつも教壇《きょうだん》に立《た》っている。

手《て》の届《とど》くところにいるのに、かんたんには手《て》が届《とど》かない。

学校《がっこう》のない週末《しゅうまつ》は、会《あ》えなくてちょっとさびしい。

でもある日曜日《にちようび》、諭吉《ゆきち》おじさんのカフェを手伝《てつだ》っていて――。

「わ、先生《せんせい》！」

ドアから出《で》たところで、獅子尾先生《ししおせんせい》に出《で》くわした。

「せせ、先生《せんせい》！　あの、いらっしゃい！」

あーもう、「いらっしゃい」とか、なに舞《ま》いあがってんだろ、私《わたし》。

先生《せんせい》は、ドアにかけてある「本日貸切《ほんじつかしきり》」のプレートを指《ゆび》さす。

「コーヒー飲《の》みにきたんだけど貸切《かしきり》とは知《し》らなくてね。そんなにあわてて、どした？」

「ええと、その、おじさんに買《か》いだしをたのまれて……」

「手伝《てつだ》おっか？」


結局《けっきょく》、先生《せんせい》は商店街《しょうてんがい》まで買《か》い物《もの》に付《つ》き合《あ》ってくれて、荷物《にもつ》も半分持《はんぶんも》ってくれた。

会《あ》えてうれしいけれど、ならんで歩《ある》くなんて、ドキドキして死《し》んじゃいそう。

「なんかすみません。手伝《てつだ》ってもらっちゃって」

「これ全部《ぜんぶ》、ひとりで買《か》ってこいとか、諭吉《ゆきち》さんもあんがい人使《ひとづか》いあらいね。そっち重《おも》くない？　貸《か》してみ」

「いやいやいや、大丈夫《だいじょうぶ》です」

そのとき、人《ひと》だかりのしているテントが私《わたし》の目《め》に飛《と》びこんできた。『福引《ふくびき》』って書《か》いてある。ガラガラをまわす音《おと》もする。

……やりたい！

私《わたし》が立《た》ち止《ど》まると、先生《せんせい》が笑《わら》って言《い》った。

「行《い》こ。やろうよ、福引《ふくびき》」

私《わたし》は大喜《おおよろこ》びで、テントの中《なか》へ入《はい》った。賞品一覧《しょうひんいちらん》の中《なか》には、なんと、『水族館《すいぞくかん》』の文字《もじ》が。

赤玉《あかだま》が出《で》たら水族館《すいぞくかん》の入場《にゅうじょう》チケットが当《あ》たるんだ。これがいい、これ一択《いったく》！

「ちゅんちゅん、なに狙《ねら》うの？」

「水族館《すいぞくかん》！」

「……おお」

先生《せんせい》のちょっとあきれた視線《しせん》を浴《あ》びつつ、ガラガラをまわす。

一回目《いっかいめ》、黄色《きいろ》の玉《たま》。ポケットティッシュをもらった。

二回目《かいめ》、また黄色《きいろ》。またポケットティッシュ。

「がんばれー」と先生《せんせい》。

「がんばる！　赤《あか》こい！　あーかーこーい！」と私《わたし》は気合《きあ》いを入《い》れる。

三回目《かいめ》。

ガラン……コロッ。

うわーん、また黄色《きいろ》！

福引係《ふくびきがかり》のおじさんからティッシュをもらう私《わたし》を見《み》て、先生《せんせい》はくすくす笑《わら》う。

水族館《すいぞくかん》、当《あ》たらなくてガッカリだ〜〜〜。


私《わたし》たちは重《おも》たい買《か》い物《もの》の荷物《にもつ》を持《も》ち、公園《こうえん》をつっきる近道《ちかみち》を歩《ある》いた。

東京《とうきょう》にきた最初《さいしょ》の日《ひ》、私《わたし》が行《い》き倒《だお》れになった公園《こうえん》だ。先生《せんせい》が私《わたし》を見《み》つけてくれた場所《ばしょ》。

「うちの地元《じもと》、海《うみ》がないんですよ。それで小学校《しょうがっこう》のとき、夏休《なつやす》みに県外《けんがい》の海《うみ》まで連《つ》れてってもらったんです」

「うん」

「そのとき食《た》べたお寿司《すし》がめちゃくちゃおいしくて」

「なるほどね。それで魚好《さかなず》きなんだ」

「はい。こんなにおいしいものがあるんだーって。でも近《ちか》くに水族館《すいぞくかん》なくて、ずっと行《い》ってみたくて……」

「水族館《すいぞくかん》があこがれの場所《ばしょ》？　ちゅんちゅんらしいね」

私《わたし》が見《み》あげると、先生《せんせい》がすぐとなりにいる。

白《しろ》シャツとネクタイじゃない普段着《ふだんぎ》の先生《せんせい》と、お休《やす》みの日《ひ》にいっしょに歩《ある》いてるんだ。

それにあらためて気《き》づいたら、急《きゅう》に恥《は》ずかしくなってきた。

「どした？」

「……いえ……」

先生《せんせい》のことを直視《ちょくし》できなくなって、私《わたし》は思《おも》わず、道《みち》のわきにつづく柵《さく》に乗《の》った。その上《うえ》を、平均台《へいきんだい》のようにバランスを取《と》りながら歩《ある》きだす。

「またそんな子《こ》どもみたいなことを。転《ころ》ぶからやめろって」

「大丈夫《だいじょうぶ》ですよ。私《わたし》、こういうのすごく得意《とくい》なんですから――」

と言《い》ったそばから、私《わたし》はバランスをくずす。この買《か》い物袋《ものぶくろ》のせいだよ。重《おも》すぎなんだもん。

「ほらね。それ貸《か》して」

先生《せんせい》は私《わたし》が持《も》っていた袋《ふくろ》を奪《うば》った。両手《りょうて》にひとつずつ持《も》てばいいのに、「重《おも》っ！」とか言《い》いながら、なぜか片手《かたて》にふたつ持《も》つ。

そして、残《のこ》ったもう片方《かたほう》の手《て》で、私《わたし》の手《て》をにぎった。

「はい、これで大丈夫《だいじょうぶ》。歩《ある》いていいよ」

先生《せんせい》が、手《て》をつないでくれた。

私《わたし》はただただうれしくて。

にっこりうなずいて、歩《ある》きだす。

先生《せんせい》が手《て》をにぎっていてくれるなら、もう安心《あんしん》。この上《うえ》を走《はし》ることもできそう。

きっと、ジャンプだってできる。ほら、できた！

「調子《ちょうし》に乗《の》らない」

へへ。叱《しか》られちゃった。叱《しか》られるのだって、うれしいけどね。

「先生《せんせい》」

「ん？」

「私《わたし》、小《ちい》さいころ、真昼《まひる》に流《なが》れ星《ぼし》を見《み》たことがあるんです」

「昼《ひる》に、流《なが》れ星《ぼし》？」

「はい。すごくまぶしくて。見《み》てるとクラクラして、泣《な》きたくなるくらいドキドキして。

でもなんか目《め》が離《はな》せなくて」

「うん」

「先生《せんせい》は、その流《なが》れ星《ぼし》に似《に》てます」

一瞬《いっしゅん》、先生《せんせい》が立《た》ち止《ど》まり、私《わたし》たちの視線《しせん》が重《かさ》なる。

やだ私《わたし》、いきおいでヘンなこと言《い》っちゃったかも。迷惑《めいわく》だった……かな。

「あの……いや……なんか、先生《せんせい》といると楽《たの》しいって意味《いみ》で……」

「うん。俺《おれ》も」

「えっ？」

今《いま》「俺《おれ》も」って言《い》った？　空耳《そらみみ》じゃないよね？

「ちゅんちゅんといっしょだと、なんか楽《たの》しいわ」

空耳《そらみみ》じゃない。先生《せんせい》も、楽《たの》しいと思《おも》ってくれてるんだ。

うそみたい。やばい。うれしすぎるよ。

私《わたし》がにやけていると、先生《せんせい》はあわてたように視線《しせん》をそらし、先生《せんせい》っぽい雰囲気《ふんいき》に戻《もど》った。

「下《お》りる？」

「あ、はい」

そして手《て》を離《はな》した。

「なんか、近道《ちかみち》するつもりが寄《よ》り道《みち》になっちゃったな」

気《き》まずそうにそう言《い》うと、先生《せんせい》は少《すこ》し早足《はやあし》で歩《ある》きだした。


(……こっちむけ、こっちむけ……)

放課後《ほうかご》、だれもいなくなった教室《きょうしつ》で、私《わたし》は窓《まど》から中庭《なかにわ》を見《み》おろしていた。

下《した》を歩《ある》いている先生《せんせい》に、心《こころ》の中《なか》で呪文《じゅもん》を飛《と》ばしながら。

(こっちむ……やった、むいた!)

先生《せんせい》は、私《わたし》のほうを見《み》あげて笑《わら》った。

ふふっ、うれしいなっ。

目《め》が合《あ》って、笑《わら》いかけてくれることがこんなにうれしいことだって、はじめて知《し》った。

「気色《きしょく》ワル」

背後《はいご》から声《こえ》が聞《き》こえ、私《わたし》はびっくりして振《ふ》りむいた。

馬村《まむら》が立《た》っていた。

「なにー？」

「忘《わす》れ物《もの》」

「あ、そう」

「おまえさ……」

「ん？」

忘《わす》れ物《もの》なら、さっさと持《も》っていけばいいのに。見《み》つからないのかな。

なにか言《い》いたげにその場《ば》に立《た》っていた馬村《まむら》は、すっと私《わたし》に近《ちか》づいてきた。そして――。

チュッ。

とうとつに私《わたし》のほっぺたにキスをして……!!

「…………え？」

おどろいて動《うご》けない私《わたし》を残《のこ》し、真《ま》っ赤《か》な顔《かお》の馬村《まむら》は教室《きょうしつ》を出《で》ていった。

ええと……ええと……今《いま》のは……なにかのまちがい？　外国風《がいこくふう》の挨拶《あいさつ》かな？

たぶんそうだ。きっとそうだ。

だってそれ以外《いがい》に、考《かんが》えられない。


それからしばらく、私《わたし》の頭《あたま》はごちゃごちゃだった。

馬村《まむら》は私《わたし》のことを無視《むし》している。転校《てんこう》した最初《さいしょ》の日《ひ》に戻《もど》ったみたいだ。

ゆゆかちゃんがメイク道具持参《どうぐじさん》でうちに遊《あそ》びにきたけど、ぼやっとしちゃって。

「ちょちょちょ……あんたなにやってんの？」

気《き》づいたら、私《わたし》はチークをぐるぐるにほおに塗《ぬ》っていた。

「わっ、なんだこれ！」

あわててティッシュでチークを拭《ふ》きとる。

「あんた今日《きょう》、変《へん》だよ。ま、いつも変《へん》だけどさ。まーね、あんたも恋《こい》しちゃってるからね」

へ？　私《わたし》そんなこと、ひとっことも言《い》ってないのに……。

「獅子尾《ししお》先生《せんせい》でしょ？」

「なんで？　なんでわかるの？　ゆゆかちゃんってエスパー？」

ゆゆかちゃんは、新商品《しんしょうひん》のマスカラをあけて、ブラシをためつすがめつする。

「バーカ。学食《がくしょく》のオバちゃんだって気《き》づいてるっつーの。もう、さっさと告白《こくはく》しなって」

「先生《せんせい》に？　そんなこと……」

ゆゆかちゃん、マスカラを置《お》いて、代《か》わりにノートを取《と》って私《わたし》の前《まえ》に広《ひろ》げた。

「はーい。今《いま》から大事《だいじ》なこと言《い》うから、ノートに書《か》いてー」

「へっ？　書《か》くの？　書《か》くのね……ええと」

マスカラに戻《もど》ったゆゆかちゃんは、鏡《かがみ》で自分《じぶん》の顔《かお》を見《み》ながらレクチャーをはじめる。

「やっぱさ、気持《きも》ちを伝《つた》えてからがスタートなんだよ。まずは告白《こくはく》する。んで、気持《きも》ち通《つう》じる。デートする。距離《きょり》縮《ちぢ》める。だんだんカレシとカノジョっぽくなる。めっちゃ幸《しあわ》せ。

そこまでやって恋愛《れんあい》なわけじゃん？」

「ふんふん……そこまでやって恋愛《れんあい》……っとね」

言《い》われたとおりに、ノートに書《か》いていく。

「私《わたし》は告白《こくはく》するよ？」

ゆゆかちゃんの声《こえ》に、私《わたし》は思《おも》わず顔《かお》を上《あ》げてしまった。

「……馬村《まむら》に……だよね？」

「ほかにだれがいんのよ」

「……だよね」

頭《あたま》の中《なか》に、教室《きょうしつ》での出来事《できごと》がよみがえる。

馬村《まむら》は、どういうつもりでキスなんかしたんだろう。

なにかのまちがい。外国風《がいこくふう》の挨拶《あいさつ》。

そうでも思《おも》わないと――。

「クリスマスだしね。だからあんたも頑張《がんば》んのよ？　お、このマスカラけっこう盛《も》れる」

そうでも思《おも》わないと、うしろめたいし、つらいよ。

馬村《まむら》は私《わたし》の友《とも》だち。ゆゆかちゃんも友《とも》だち。ゆゆかちゃんは馬村《まむら》のことが好《す》き。

「めちゃくちゃかわいいカッコして、好《す》きな人《ひと》に好《す》きって告白《こくはく》するの。最高《さいこう》でしょ？」

マスカラをつけながら、ゆゆかちゃんは無邪気《むじゃき》に笑《わら》った。

ふたりがうまくいってほしいって、私《わたし》は思《おも》ってるのに。


クリスマスの夜《よる》、私《わたし》たち仲良《なかよ》しグループは、ちょっとしたパーティーをひらいた。

会場《かいじょう》は、諭吉《ゆきち》おじさんのカフェ。

馬村《まむら》はまだ私《わたし》のことを無視《むし》してるけど、なるべく意識《いしき》しないようにして。

「馬村《まむら》、飲《の》み物《もの》いる？」

ほかの友《とも》だちと同《おな》じように接《せっ》してるのに、やっぱりまた無視《むし》された。

ゆゆかちゃんは、こういうことに敏感《びんかん》だから、すぐに気《き》づいたみたい。

「なに？　馬村《まむら》くんとなんかあった？」

「ううん。なんにもないよ」

あんなこと、ゆゆかちゃんには相談《そうだん》できないし。

そこに、なにも知《し》らないツルちゃんとカメちゃんがやってくる。

「なんか、ゆゆかもすずめも、気合《きあ》い入《はい》ってんねー」

「めっちゃかわいいじゃん」

いちおう、持《も》ってる服《ふく》の中《なか》でいちばんかわいいチェックのワンピを着《き》たんだ。

先生《せんせい》と会《あ》う約束《やくそく》をしてるわけじゃないけど、いちおうね。


「はあ？　約束《やくそく》してない？　プレゼントも買《か》ったのに？」

パーティーがはじまってしばらく経《た》ったころ、ゆゆかちゃんに説教《せっきょう》されてしまった。

「いや、予定《よてい》を聞《き》こうとしたよ？　ちゃんと職員室《しょくいんしつ》まで行《い》ったし、声《こえ》かけたし。でもなんかすっごく忙《いそが》しそうでね……」

「ケータイ貸《か》して」

「うん」

ああっ、反射的《はんしゃてき》にケータイ渡《わた》しちゃったけど、なにするつもり？

「獅子尾先生《ししおせんせい》にメールするっ」

「えっ!?　ちょっ……ムリムリムリムリ！　だいたい、なんて送《おく》るの!?」

「プレゼント渡《わた》したい、でもなんでもいいじゃん」

私《わたし》はゆゆかちゃんからケータイを奪《うば》いかえした。

「待《ま》ってよ。自分《じぶん》で送《おく》るからっ！」

とは言《い》ったものの、なんて打《う》てばいいんだろう。

「おいでください、とか……どうかな？」

「あんたバカ？　それじゃ業務連絡《ぎょうむれんらく》じゃん」

ゆゆかちゃんが厳《きび》しくつっこむ。

「でも、〝きてください〟って書《か》くと、上《うえ》からっぽくない？」

「じゃーもう、〝きて♡〟で」

「いやいやいや。それ、だいぶ先行《さきい》ってますけども」

私《わたし》たちは、ああでもないこうでもないと迷《まよ》ったあげく、やっとメッセージを書《か》きあげた。

私《わたし》は目《め》をつぶって画面《がめん》をタップする。

「えーい、行《い》ってこい！」

画面《がめん》をじっと見《み》ていると、五秒《びょう》くらい経《た》って『既読《きどく》』に！

でもまだ返事《へんじ》がきたわけじゃない。

「あ、きた返信《へんしん》！」


『ごめん。今日《きょう》ちょっと仕事《しごと》つまってて。また今度《こんど》。』


やっぱり忙《いそが》しいんだね。残念《ざんねん》だな。

期待《きたい》なんてしなければよかった。わざわざ気合《きあ》い入《い》れてオシャレした自分《じぶん》がむなしい。

がっくりうなだれていると、ゆゆかちゃんが私《わたし》の背中《せなか》をポンとたたいた。

「ま、最初《さいしょ》はこんなもんよ」

「うん」

そうだよね。返事《へんじ》がきただけでも、よしとしなくちゃね……。

カフェでのパーティーは終《お》わり、みんなはこのあとカラオケに行《い》くみたい。

でも私《わたし》は、そんな気分《きぶん》になれなくて。

「ごめん。私《わたし》、今日《きょう》は帰《かえ》るね。おじさんにお店《みせ》のカギを返《かえ》さなきゃいけないんだ」

「じゃ、また明日《あした》、終業式《しゅうぎょうしき》でね！」

駅《えき》のほうへむかうみんなに手《て》を振《ふ》って、私《わたし》はべつの方向《ほうこう》へ歩《ある》きだした。

ゆゆかちゃんと馬村《まむら》、どうしてるかな。

うまくいってるといいんだけど。

私《わたし》も先生《せんせい》と会《あ》いたかった。

「はぁ……」

ついついため息《いき》が出《で》て、足《あし》が止《と》まってしまう。

そのとき、うしろからコートのフードがグイッと引《ひ》っ張《ぱ》られた。

「……う？」

振《ふ》りかえると、馬村《まむら》が立《た》っている。

こんなところでなにしてんの？　ゆゆかちゃんたちと帰《かえ》ったんじゃなかったの？

「おまえ、ちょっと付《つ》き合《あ》え」

「え？」

馬村《まむら》はむりやり私《わたし》を引《ひ》っ張《ぱ》って歩《ある》く。

付《つ》き合《あ》えって……いったいどこへ連《つ》れていくつもり？


「うわーっ、すごいすごい、きれい！　なにこれすごい！」

馬村《まむら》が連《つ》れてきてくれたのは、イルミネーションが輝《かがや》く広場《ひろば》だった。

あたり一面《いちめん》が光《ひかり》の海《うみ》！

サンタやトナカイやツリーをかたどった光《ひかり》。

木々《きぎ》に星《ほし》が散《ち》ったような飾《かざ》り。

すごいな。田舎《いなか》にはこんなイルミネーションはなかったから、感動《かんどう》だよ。

「すごいね、馬村《まむら》！」

「おまえ、さっきからすごいしか言《い》ってねーよ」

「だってほんとにすごいもん。こんなの見《み》たことないよ」

馬村《まむら》はうつむいたまま、ぼそっと言《い》った。

「……あいつと約束《やくそく》してたんじゃねーの？」

「ううん。だって忙《いそが》しいから。終業式前《しゅうぎょうしきまえ》だし、成績表《せいせきひょう》とか、冬休《ふゆやす》みの課題《かだい》の準備《じゅんび》とか、学《がく》年《ねん》の連絡事項《れんらくじこう》とか……」

はっ！　こんなこと言《い》っちゃったら、相手《あいて》が先生《せんせい》だってバレバレじゃん！

私《わたし》はあわてて言《い》い訳《わけ》した。

「あの、いや、ちがうよ？　先生《せんせい》じゃないよ？」

「おまえ、バカが悪化《あっか》してるな」

「あ……はは。だね」

馬村《まむら》は少《すこ》しだけ笑《わら》って私《わたし》から目《め》をそらした。

「ベタすぎじゃね？　担任《たんにん》のこと好《す》きになるとか」

わかってるよ、自分《じぶん》でもそれはわかってる。

でも、どうしようもない。好《す》きな気持《きも》ちは、理屈《りくつ》じゃないから。

私《わたし》だけが一方的《いっぽうてき》に好《す》きなのかも、って考《かんが》えると悲《かな》しくなるけど、それでもどうしようもないんだ。

「迷惑《めいわく》だよね、むこうは。だって〝先生《せんせい》〟なわけだし」

イルミネーションが、目《め》にまぶしくにじんだ。

「でも、会《あ》いたかったんだー。今日《きょう》は、どうしても」

「クリスマスに会《あ》いたいとか、おまえも意外《いがい》とフツーだな」

「誕生日《たんじょうび》……なんだよね」

はっとしたように馬村《まむら》が顔《かお》を上《あ》げ、私《わたし》を見《み》た。

「今日《きょう》、私《わたし》、誕生日《たんじょうび》なんだ。まあ、だからなにって言《い》われたら、それまでなんだけど……なんていうか、頑張《がんば》って気持《きも》ちを伝《つた》えるにはいい日《ひ》かなー、とか思《おも》っちゃったんだよね。ハハ……」

やだな、なんだかしんみりしちゃった。そんなつもりはなかったんだけど。

気《き》まずくなってイルミネーションのほうへ目《め》をむけたら、首元《くびもと》にふわっとなにかがかけられた。

馬村《まむら》が今《いま》まで巻《ま》いていたマフラーだった。

「誕生日《たんじょうび》、おめでとう」

「……えっ？」

「やるよ」

「でも、馬村《まむら》の……」

そう言《い》いかけたら、馬村《まむら》が私《わたし》のほっぺたをグニッとつまんだ。

まるで小《ちい》さい子供《こども》に、ふざけてやるみたいに。

「俺《おれ》が祝《いわ》ってやる。だからそんな顔《かお》すんな。笑《わら》え」

馬村《まむら》、また顔《かお》が赤《あか》くなってる。ほんとは女子《じょし》に触《さわ》るの、苦手《にがて》なのに。

気《き》をつかわせて、ごめん。

「……馬村《まむら》、あのね。ずっと聞《き》かなきゃって思《おも》ってたんだけど、こないだの教室《きょうしつ》の……あれは……」

馬村《まむら》は、私《わたし》のほおをつまんでいた手《て》を離《はな》した。

「べつに意味《いみ》なんかねーよ」

「あー、だよね。いやー、そう思《おも》ってたよ？　そうなんじゃないかなーって」

馬村《まむら》はたまに、びっくりするようなこと言《い》ったりやったりするから。こないだのも、そういうことだよね、うん。

私《わたし》が歩《ある》きだそうとすると、今度《こんど》は腕《うで》をガシッとつかまれた。

「ん？　なに？」

そのとき、メッセージの受信音《じゅしんおん》が鳴《な》る。

先生《せんせい》からの着信《ちゃくしん》。「仕事《しごと》が終《お》わったから、少《すこ》し会《あ》える」って……!!

私《わたし》たぶん、すごくうれしそうな顔《かお》をしたんだと思《おも》う。

馬村《まむら》は私《わたし》の腕《うで》を離《はな》し、「じゃあな」とつぶやいた。

「うん。また明日《あした》。学校《がっこう》でね！」

私《わたし》は馬村《まむら》に手《て》を振《ふ》って、駆《か》けだした。

待《ま》ちあわせ場所《ばしょ》は、おじさんのカフェ。私《わたし》はテラスに出《で》て先生《せんせい》を待《ま》った。

これから会《あ》えると思《おも》うと、寒《さむ》い外《そと》に立《た》っていてもぜんぜんつらくない。

それにしても、待《ま》つのってすごくせつないものなんだな。

きっとくるとわかっていても、胸《むね》のあたりがきゅっとする。

「ちゅんちゅん！」

先生《せんせい》が息《いき》を切《き》らして走《はし》ってきた。

うれしくて、思《おも》わずほほえみがこぼれる。

「ごめん、ほんとごめんね、遅《おそ》くなって」

獅子尾先生《ししおせんせい》はそう言《い》って、呼吸《こきゅう》を整《ととの》える。白《しろ》い息《いき》がふわふわ空《そら》を飛《と》んだ。

「いえ。大丈夫《だいじょうぶ》です！」

「なんか、感《かん》じちがうね」

そう言《い》われると恥《は》ずかしいけど、でも、先生《せんせい》に見《み》てもらうために、今日《きょう》はオシャレしたんだよ。

「先生《せんせい》、これ……たいしたもんじゃないんですけど」

私《わたし》は用意《ようい》してきたプレゼントをバッグから出《だ》して、先生《せんせい》に差《さ》しだした。

先生《せんせい》はわざと仰々《ぎょうぎょう》しく受《う》けとって、頭《あたま》をさげる。それがおかしくて、笑《わら》ってしまう。

「遠慮《えんりょ》なくいただきます」

「はい！」

「あけていい？」

もちろんです、の気持《きも》ちをこめて、大《おお》きくうなずく。

私《わたし》は早《はや》くよろこんでほしくてうずうずしていた。きっと気《き》に入《い》ってもらえるはず。

「お？　こ、これは……なんというか……なかなか……」

ジャジャーン！

水色《みずいろ》の生地《きじ》ににぎり寿司《ずし》のイラストがならんでいる、寿司柄《すしがら》のネクタイですっ！

ネクタイなら学校《がっこう》で使《つか》えるし、お寿司《すし》おいしそうだし、かわいいし、我《われ》ながら会心《かいしん》のセレクトだと思《おも》ってるんだ。

「いいですよね、これ。すごく探《さが》したんです」

「お……おおお。確《たし》かに。これは水族館《すいぞくかん》には最高《さいこう》だな」

「あの、そういう意味《いみ》じゃなくて、行《い》きたいとかそういう……」

すると先生《せんせい》は、細長《ほそなが》い紙《かみ》をすっと出《だ》して、私《わたし》に見《み》せた。

「もしかして、水族館《すいぞくかん》の!?」

そう、チケットだった。しかも二枚《まい》。

「行《い》く？」

もちろんです、もちろんです！　私《わたし》はさっきの倍《ばい》くらい大《おお》きくうなずいた。

ふたりで水族館《すいぞくかん》……それっていわゆるデートだよね？

その時間《じかん》は、ずっと先生《せんせい》と二人《ふたり》きりでいられるんだよね？

あんまりうれしすぎて、声《こえ》も出《で》ないよ。

「なんか、素直《すなお》だなぁ。じゃーもうこれ、明日《あした》行《い》くか」

「…………!!」

だめだ、やばい。うれしすぎて、息《いき》が止《と》まりそう。

というか、くしゃみが——。

「へーっくしょい！　はぁぁくしょい！　ひっくしょい！」

ああもう、なんでこんなときにくしゃみが出《で》るの？

しかも鼻水《はなみず》まで。

私《わたし》は両手《りょうて》で顔《かお》を覆《おお》った。そういえばティッシュ持《も》ってない。どうしよ……。

先生《せんせい》が、さもおかしそうに笑《わら》う。

「キミねー、女《おんな》の子《こ》なんだから、ティッシュくらい持《も》ってなさいよ。はい」

先生《せんせい》がポケットから出《だ》したのは、このあいだの福引《ふくびき》でもらったハズレのポケットティッシュだった。

私《わたし》はそれで鼻《はな》を拭《ふ》いた。恥《は》ずかしい。穴《あな》があったら入《はい》ってひきこもりたいくらい。

「よかったね、商店街《しょうてんがい》でもらったティッシュが今《いま》ごろ役《やく》に立《た》って」

「……はい」

恥《は》ずかしすぎて、まともに先生《せんせい》の顔《かお》が見《み》られないよ。

先生《せんせい》はそんな私《わたし》を、さっきから笑《わら》ってばっかり。
「鼻《はな》、真《ま》っ赤《か》じゃん」
先生《せんせい》は私《わたし》の背《せ》に合《あ》わせるように少《すこ》しかがんで、手《て》を伸《の》ばした。
その指《ゆび》が私《わたし》の鼻《はな》にぽんと触《ふ》れ、私《わたし》はドキッとして身《み》をかたくした。
すると、それまで少《すこ》しふざけて笑《わら》っていた先生《せんせい》が、とつぜん真剣《しんけん》な表情《ひょうじょう》になる。
そして、さっき鼻《はな》に触《ふ》れた指《ゆび》で、こんどは私《わたし》のほおをやさしくつつむ。
私《わたし》は先生《せんせい》を見《み》つめたまま動《うご》けなくなった。

ドキン、ドキン、ドキン――。
これは私《わたし》の心臓《しんぞう》の音《おと》？　それとも先生《せんせい》の？

先生《せんせい》の顔《かお》が近《ちか》づいてくる。
ま、まさか……キス……!?
私《わたし》は思《おも》わずぎゅっと目《め》を閉《と》じた。

でも、なにもおこらなくて。

目《め》をあけると、先生《せんせい》はどこかさびしそうに笑《わら》って、私《わたし》を見《み》つめていた。

「……せ、先生《せんせい》？」

「もう帰《かえ》ろうか」

「はい」

私《わたし》たちは、なにごともなかったかのように、店《みせ》を出《で》て、夜道《よみち》を歩《ある》く。

先生《せんせい》は、少《すこ》し無口《むくち》になった。

さっきまで笑《わら》っていたのに、どうしちゃったのかな――。

■すずめの知《し》らない、獅《し》子《し》尾《お》のこころ

獅《し》子《し》尾《お》五《さ》月《つき》は、とまどっていた。
今《いま》までずっと、すべての生《せい》徒《と》たちと平等《びょうどう》に接《せっ》してきた。
めんどうなことに巻《ま》きこまれないよう、生《せい》徒《と》とは適《てき》度《ど》な距《きょ》離《り》を置《お》いてきたのだ。
それなのに、調《ちょう》子《し》をくるわされている。
あの日《ひ》、カーテンをあけ、中《なか》からあらわれた与《よ》謝《さ》野《の》すずめを見《み》たときから。
すずめに、まっすぐな目《め》をむけられると、心《こころ》がかき乱《みだ》されてしまうのだった。
まるで学生《がくせい》のころに戻《もど》ったみたいに。
自《じ》分《ぶん》が教《きょう》師《し》で、すずめが生《せい》徒《と》であることを、ふと忘《わす》れてしまう瞬間《しゅんかん》がある。
たとえば、今日《きょう》。

クリスマスの夜《よる》。

気《き》づけば、獅子尾《ししお》はすずめのほおに触《ふ》れていた。

でも、触《ふ》れるべきじゃなかったのだ。


すずめを帰《かえ》したあと、頭《あたま》を冷《ひ》やすために自販機《じはんき》で缶《かん》コーヒーを買《か》って飲《の》んでいると、スマホが鳴《な》った。

すずめのおじ、諭吉《ゆきち》からの電話《でんわ》だった。

『獅子尾《ししお》くん。今《いま》、時間《じかん》あるかな?』

諭吉《ゆきち》の声《こえ》は、なぜかふるえている。獅子尾《ししお》はあわててカフェへ戻《もど》った。

閉店後《へいてんご》の薄暗《うすぐら》い店内《てんない》に入《はい》ると、諭吉《ゆきち》は苦々《にがにが》しい顔《かお》をして獅子尾《ししお》を待《ま》っていた。

ほんの数十分前《すうじゅっぷんまえ》のすずめとの出来事《できごと》が心《こころ》の中《なか》によみがえる。

「悪《わる》いね、こんな時間《じかん》に呼《よ》びだして」

「いえ。電話《でんわ》の声《こえ》、ふつうじゃなかったから」

「俺《おれ》の声《こえ》が?」

「はい」

それを聞《き》いて、諭吉《ゆきち》はふっと弱々《よわよわ》しく笑《わら》う。

「そんなにわかりやすかったか……。ダメなんだよね、俺《おれ》すぐテンパるから。特《とく》にすずめのこととなるとね。いや、まさかとは思《おも》うけどさ」

諭吉《ゆきち》が、獅子尾《ししお》の目《め》を見《み》すえる。

「さっき、すずめと歩《ある》いてただろ？　俺《おれ》、見《み》かけたんだよ」

獅子尾《ししお》は覚悟《かくご》を決《き》め、諭吉《ゆきち》を見《み》つめかえした。

「おいおい、なんつー顔《かお》してんだよ」

「……諭吉《ゆきち》さん、俺《おれ》——」

獅子尾《ししお》が言《い》い終《お》わるのを待《ま》たずに、諭吉《ゆきち》はどなった。

「おまえさ、自分《じぶん》がなにしようとしてるか、わかってる？」

獅子尾《ししお》には、わかっていた。

わかっているからこそ、大人《おとな》の自分《じぶん》が身《み》を引《ひ》かなければいけない。

すずめを傷《きず》つける前《まえ》に。

終業式《しゅうぎょうしき》の日《ひ》の朝《あさ》、獅子尾《ししお》は校舎《こうしゃ》にむかう渡《わた》り廊下《ろうか》で、ふと視線《しせん》を感《かん》じた。

顔《かお》を上《あ》げると、馬村大輝《まむらだいき》が立《た》っていた。

馬村《まむら》は、近《ちか》づいていく獅子尾《ししお》を、するどくにらみつける。

ただならぬ空気《くうき》を感《かん》じたが、獅子尾《ししお》はなるべくふだんどおりに声《こえ》をかけた。

「おう馬村《まむら》、今日《きょう》は早《はや》いね」

通《とお》りすぎようとしたところで、獅子尾《ししお》はいきなり馬村《まむら》に胸《むな》ぐらをつかまれた。

「担任《たんにん》のくせに、生徒《せいと》たぶらかしてんじゃねーよ」

与謝野《よさの》すずめのことを言《い》っているのだと、すぐにわかった。

獅子尾《ししお》はカチンときたが、怒《いか》りをおさえて笑《わら》う。

「たぶらかすっておまえさ、そんな言《い》い方《かた》……」

「笑《わら》ってんじゃねーよ。あいつはそんなもんかよ。あいつのこと、軽《かる》く扱《あつか》ったら許《ゆる》さねーから——」

おさえていた怒《いか》りが、ふいに頭《あたま》をもたげた。

どいつもこいつも。

俺《おれ》の気《き》も知《し》らず、好《す》き勝手《かって》なことを言《い》いやがって。

「うるせえな……」

獅子尾《ししお》は馬村《まむら》の腕《うで》をつかんで振《ふ》りはらった。馬村《まむら》が一瞬《いっしゅん》、ひるむ。

「軽《かる》く？　そういられたほうがラクだったろうな。そういうのがわかんねーうちは黙《だま》ってろ、クソガキ」

獅子尾《ししお》は馬村《まむら》を残《のこ》して、振《ふ》りかえりもせず歩《ある》き去《さ》った。


すずめのことを軽《かる》く考《かんが》えたことなど、一度《いちど》たりともなかった。

だからといって、このままでいいわけじゃない。

獅子尾《ししお》は教師《きょうし》で、すずめは生徒《せいと》だ。

自分《じぶん》の気持《きも》ちを殺《ころ》してでも、すずめを守《まも》らなければならない。

「きみのことは、好《す》きじゃない」

ただそう言《い》いさえすればいいのだ。

■つめたい冬《ふゆ》の涙《なみだ》

二学期《がっき》は今日《きょう》が最後《さいご》。

終業式《しゅうぎょうしき》も終《お》わり、明日《あした》からは冬休《ふゆやす》み。

教室《きょうしつ》じゅうが浮《う》き足立《あしだ》っている中《なか》、獅子尾《ししお》先生《せんせい》が教壇《きょうだん》から声《こえ》をはりあげる。

「では、お正月《しょうがつ》にあまりはしゃがないように。冬休《ふゆやす》み中《ちゅう》、事故《じこ》やケガのないようにね。以《い》上《じょう》」

みんなは「はーい」とか「じゃーね」とか言《い》いながら、バラバラと教室《きょうしつ》を出《で》ていく。

私《わたし》は、「よし」とこっそり気合《きあ》いを入《い》れて、教壇《きょうだん》へむかった。

「あの、先生《せんせい》。ちょっとお話《はなし》が」

先生《せんせい》は、ふだんバージョンではなく先生《せんせい》バージョンの顔《かお》でうなずいた。

「ああ、よかった。俺《おれ》も話《はなし》があるんだ。あとで社会科《しゃかいか》資料室《しりょうしつ》へ来《き》てくれる？」

先生《せんせい》も話《はなし》があるの？　なんだろう!?

私《わたし》はドキドキしながら、資料室《しりょうしつ》のドアをノックした。

私《わたし》の話《はなし》は、もちろん。

先生《せんせい》への告白《こくはく》。


「失礼《しつれい》します」

ドアを開《あ》けておじぎをし、窓際《まどぎわ》に立《た》つ先生《せんせい》のもとへ駆《か》けよる。

「あのさ……」

先生《せんせい》がなにか言《い》いかけたけど、私《わたし》はもう我慢《がまん》できなくて、つい言《い》ってしまった。

「先生《せんせい》！」

「うん？」

「私《わたし》、先生《せんせい》のことが好《す》きです！」

だってもう、本当《ほんとう》に好《す》きなんです。

これ以外《いがい》の言葉《ことば》が出《で》てこないくらい、大好《だいす》き。

先生《せんせい》はどう思《おも》ってるの？

「……うん、そうか。ありがとう」

それから？

「でも、ごめん。こういうのはやめようか」

「えっ……？」

体《からだ》からすっと血《ち》の気《け》がひいていくのを感《かん》じた。

「だから、今日《きょう》の水族館《すいぞくかん》も、ごめん、ナシで」

うそ。

また「冗談《じょうだん》だよ」とか言《い》うんでしょ？

先生《せんせい》が私《わたし》から目《め》をそらす。

「ほんとごめん。いや、考《かんが》えたんだよ。やっぱ常識的《じょうしきてき》によくないなって。教師《きょうし》と生徒《せいと》がふたりで出《で》かけるのはさ。それにキミのその俺《おれ》に対《たい》する気持《きも》ちは、あこがれに近《ちか》いものだと思《おも》うんだよ。だから――」

「先生《せんせい》。せめてちゃんと目《め》ぐらい見《み》て話《はな》してください」

先生《せんせい》は、うなずいて、こんどは私《わたし》の目《め》をまっすぐに見《み》た。

「与謝野《よさの》。約束守《やくそくまも》れなくて、すまない」

与謝野《よさの》、って私《わたし》のことを呼《よ》んだ。

もう、ちゅんちゅんって呼《よ》んでくれないの？

「……なんで？　せ、先生《せんせい》、言《い》ってくれたじゃないですか。私《わたし》といると楽《たの》しいって」

「そうだね」

「あれは本心《ほんしん》じゃなかったんですか？」

「本心《ほんしん》だよ」

「昨日《きのう》も、きてくれました」

「行《い》った」

「……それで……だってあれは……」

いっしょにクリスマスをすごしたのに。

プレゼントを渡《わた》して、ティッシュをくれて、それから、それから……。

「……先生《せんせい》は、私《わたし》のこと好《す》きじゃないんですか？」

先生《せんせい》は、私《わたし》の目《め》をじっと見《み》つめた。

やがて、おだやかに言《い》った。

「好《す》きじゃなかった。ごめん」

くずおれそうになる私《わたし》を残《のこ》して、先生《せんせい》は資料室《しりょうしつ》を出《で》ていった。

私《わたし》、もうなんにも考《かんが》えられない。

悲《かな》しいのかどうかもわからない。

頭《あたま》の中《なか》に霧《きり》がかかったみたい。

ぼんやりしながら廊下《ろうか》を歩《ある》き、昇降口《しょうこうぐち》までくると、馬村《まむら》がいた。

「馬村《まむら》、まだ帰《かえ》ってなかったんだ」

あんなショックなことがあった直後《ちょくご》なのに、私《わたし》、けっこうふつうにしゃべれてる。

「猿丸《さるまる》を待《ま》ってる」

「あ、そう」

「おまえは？」

私《わたし》？

えっと、私《わたし》はなにをしてたんだろう？

うまく脳《のう》みそが働《はたら》いてないや。

そう考《かんが》えながら馬村《まむら》を見《み》ていたら、自然《しぜん》と涙《なみだ》があふれてきた。

泣《な》くつもりなんてなかったのに。

「え、ちょ……なに？　なんだよ！」

ごめん。びっくりさせてるよね、私《わたし》。

「ふられた……」

「は？」

「ふられたのっ！」

やだな、これじゃ馬村《まむら》にやつあたりしてるみたいじゃん。

これ以上迷惑《いじょうめいわく》かける前《まえ》に、早《はや》く帰《かえ》ろう。

「──なーんて、馬村《まむら》には関係《かんけい》なかったね。ごめん」

流《なが》れる涙《なみだ》を拭《ふ》いて、私《わたし》が行《い》こうとした、そのとき。

ふいに馬村《まむら》の腕《うで》がのびてきて。

私《わたし》は、そっと抱《だ》きしめられた。

耳元《みみもと》で、馬村《まむら》がささやく。

「……なにそれ。ムカつく。俺《おれ》の前《まえ》で泣《な》くとか、なんなの？」

「……馬村《まむら》……？」

とつぜんすぎて、私《わたし》は馬村《まむら》の腕《うで》の中《なか》で動《うご》けない。

「おまえ、俺《おれ》のこと好《す》きになればいいのに」

馬村《まむら》の声《こえ》はすごく苦《くる》しそうで、私《わたし》はなにも言《い》えなかった。

ふと視線《しせん》を上《あ》げると、廊下《ろうか》のむこうで私《わたし》たちを見《み》ている人影《ひとかげ》が。

ゆゆかちゃんだった。

ゆゆかちゃんは、顔《かお》をゆがめると、くるっとうしろをむいて走《はし》っていく。

私《わたし》は馬村《まむら》を突《つ》き放《はな》した。

「ごめん、私《わたし》、帰《かえ》る」

そして、ゆゆかちゃんを追《お》って駆《か》けだした。


「待《ま》って！　ゆゆかちゃん！」

校舎《こうしゃ》を出《で》たところで、ゆゆかちゃんは立《た》ち止《ど》まり、私《わたし》のほうを振《ふ》りむく。

私《わたし》をにらんでいる。

今《いま》にも泣《な》きそうな表情《ひょうじょう》で。

「……なんで私《わたし》が気《き》づくまで、あんたはなにも言《い》わないの？」

「……ちが……」

ちがうよ、誤解《ごかい》だよ。

そう言《い》おうとしたけど、言葉《ことば》が口《くち》から出《で》ていかない。

だって、なにを言《い》っても、自分《じぶん》を守《まも》るための言《い》い訳《わけ》になっちゃいそうだから。

ゆゆかちゃんの目《め》に、どんどん涙《なみだ》がたまっていく。

その涙《なみだ》が落《お》ちる前《まえ》に、ゆゆかちゃんは私《わたし》から顔《かお》をそむけて行《い》ってしまった。

ひとり取《と》り残《のこ》された私《わたし》は、奥歯《おくば》をかみしめてうつむく。

「……どうして……どうしてこんなふうになっちゃうの」

もうこらえきれなかった。

私《わたし》は、声《こえ》をあげて泣《な》きだした。

涙《なみだ》があふれて、止《と》まらない。


私《わたし》も、ゆゆかちゃんも、馬村《まむら》も。

好《す》きな人《ひと》は、自分《じぶん》のことを好《す》きになってくれない。

ふるほうも、ふられるほうも傷《きず》ついて。


こんなにみんなが傷《きず》つくなら、恋《こい》なんてしなきゃよかった。

『お母《かあ》さんよ。お正月《しょうがつ》、そっちに帰《かえ》るけど、あなたはどうする？　すずめ、元気《げんき》？』

そんな電話《でんわ》があったのは、ベッドでつっぷして泣《な》いているときだった。

転勤先《てんきんさき》のバングラディシュから、お母《かあ》さんだけ戻《もど》ってくるそうだ。

地元《じもと》に帰《かえ》って、お母《かあ》さんに会《あ》いたい――。

私《わたし》はいてもたってもいられず、お母《かあ》さんが帰国《きこく》する日《ひ》に合《あ》わせて里帰《さとがえ》りした。

荷物《にもつ》なんて、ほとんど持《も》たずに。


なつかしい地元《じもと》は、山《やま》が近《ちか》くて、空《そら》が高《たか》くて、空気《くうき》が澄《す》んでいて。

実家《じっか》の玄関《げんかん》には、今年《ことし》もお正月飾《しょうがつかざ》りがついている。

「ただいまぁ」

「久《ひさ》しぶり」

引《ひ》き戸《ど》のむこうで出迎《でむか》えてくれたお母《かあ》さんを見《み》て、私《わたし》は思《おも》わず涙《なみだ》ぐんでしまった。

朝《あさ》になると、お母《かあ》さんは私《わたし》の髪《かみ》を編《あ》んでくれた。

子《こ》どものときみたいに。

「なんか、すずめ、女《おんな》の子《こ》らしくなったわね」

こたつの上《うえ》には、おせち料理《りょうり》の重箱《じゅうばこ》。

サイドボードには、鏡《かがみ》もち。

このお正月《しょうがつ》っぽい雰囲気《ふんいき》も、子《こ》どものころといっしょだな。

「忍者《にんじゃ》になりたいって、木《き》のてっぺんから飛《と》び降《お》りて、傷《きず》だらけになってた子《こ》とは思《おも》えないわ」

私《わたし》は、ふふっと笑《わら》った。

そんなこともあったなぁ。

「かわいくなっちゃって。はい、できた」

お母《かあ》さんが、ぽんと私《わたし》の肩《かた》をたたく。

うれしくて、編《あ》みこみを鏡《かがみ》に映《うつ》してしばらくながめた。

明日《あした》から三学期《がっき》が始《はじ》まること、お母《かあ》さんは知《し》ってるはずなのに。

ただ笑《わら》って、私《わたし》をここにいさせてくれている。

ありがたいな……。


それから三日《みっか》経《た》っても、私《わたし》はまだ実家《じっか》にいた。

学校《がっこう》はもう始《はじ》まっている。

夕方《ゆうがた》になり、二人《ふたり》で夕食《ゆうしょく》の準備《じゅんび》をしているときに、思《おも》いきって言《い》ってみた。

「聞《き》かないんだね。なんかあったの、とか」

「なんかあったから、ずっとここにいるんでしょ」

お母《かあ》さんは、なんでもお見通《みとお》しだ。

私《わたし》が黙《だま》っていると、玄関《げんかん》のチャイムが鳴《な》った。

「あら。だれだろね」

手《て》を止《と》めたお母《かあ》さんに、私《わたし》は声《こえ》をかける。

「いいよ、私《わたし》が出《で》るから」

玄関《げんかん》へ行《い》き、ガラガラッと引《ひ》き戸《ど》をあけると、

「ど、どしたの……!?」

そこにいたのは、馬村《まむら》だった。

コートを着《き》こんで、寒《さむ》そうに立《た》っている。

馬村《まむら》のうしろには……むすっとした顔《かお》のゆゆかちゃんもいる。

「あんた、二週間《しゅうかん》も電話《でんわ》に出《で》ないし、メッセージも返《かえ》してこないし、学校《がっこう》にもこないって
どういうこと？」

うわ、ゆゆかちゃん、怒《おこ》ってるよ。

そこへ、お母《かあ》さんがのんきにあらわれる。

「いらっしゃーい。遠《とお》かったでしょー？」

なになに、お母《かあ》さんってば、ゆゆかちゃんたちがくることを知《し》ってたの？

「諭吉《ゆきち》から連絡《れんらく》もらってたんだけど、すずめをビックリさせようと思《おも》って。さ、二人《ふたり》とも入《はい》って入《はい》って」

えっ!?

ビックリした！

それにしても。

馬村《まむら》とはあんなことがあったし、ゆゆかちゃんにはそれを見《み》られちゃったし。

なのに、どうして二人《ふたり》ともわざわざ遠出《とおで》してきてくれたんだろう……。


夕《ゆう》ご飯《はん》はみんなでいっしょに食《た》べることになった。

鍋料理《なべりょうり》。今日《きょう》は材料《ざいりょう》が多《おお》いな、って思《おも》ってたら、こういうことだったのか。

「えーっ。すずめちゃんは本気《ほんき》で忍者《にんじゃ》になろうとしてたんですか？」

ゆゆかちゃんとお母《かあ》さん、鍋《なべ》をつつきながら話《はなし》が盛《も》りあがってる。

なんだよもう、人《ひと》のことをネタにして。

「そうなのよ。畑《はたけ》のウシガエルを二十匹《にじゅっぴき》くらい部屋《へや》にズラッとならべて、呪文《じゅもん》となえたりしてね」

それを聞《き》いて、馬村《まむら》のお箸《はし》が止《と》まった。

「二十匹《にじゅっぴき》……」

お母《かあ》さんが面白《おもしろ》そうに笑《わら》う。

「あ、馬村《まむら》くんごめんね。想像《そうぞう》しちゃった？　すずめ、ほらアレやってよ。いつもの、印《いん》結《むす》ぶやつ」

「えー？　いいけど……」

私《わたし》はお箸《はし》を置《お》いて、ふうっと息《いき》をはいた。

そしておもむろに、両手《りょうて》の指《ゆび》を組《く》みながら九字《くじ》をとなえる。

「臨《りん》、兵《ぴょう》、闘《とう》、者《しゃ》、皆《かい》、陣《じん》、列《れつ》、在《ざい》、前《ぜん》！」

「目《め》がマジだわ」

馬村《まむら》はひいたけど、ゆゆかちゃんにはウケた。

「あははは！　あんた面白《おもしろ》すぎ！」

私《わたし》も、つられて笑《わら》ってしまう。

ゆゆかちゃん、こんな遠《とお》いところまできて、しかも楽《たの》しそうにしてる。

私《わたし》、あんなにひどいことしたのに。

ちゃんと謝《あやま》らなくちゃいけないと、私《わたし》は思《おも》った。


その夜《よる》、ベッドに入《はい》った私《わたし》は、謝《あやま》るチャンスを探《さが》していた。

床《ゆか》に敷《し》いた布団《ふとん》では、ゆゆかちゃんが寝《ね》ている。

「ゆゆかちゃん」

「……もう寝《ね》てるから」

怒《おこ》ってるのかな。怒《おこ》ってる声《こえ》だけど。

でもゆゆかちゃんって、いつもこんな調子《ちょうし》だしな。

私《わたし》はガバッと起《お》きあがり、ベッドの上《うえ》に正座《せいざ》した。

「ごめん」

「……あんたに謝《あやま》られるとムカつくのよ」

ゆゆかちゃんもかけ布団《ぶとん》をはいで、体《からだ》を起《お》こす。

「あんた、わかってる？　私《わたし》が怒《おこ》ってんのは、あんたがなにも言《い》わなかったことだよ？

馬村《まむら》くんのこともだけどさ、あんただっていろいろあったんでしょ？」

「……言《い》えなくて……」

「なに？　私《わたし》のこと、かわいそうとか思《おも》ったわけ？」

「ちがうよ」

そんなふうに同情《どうじょう》とかしたわけじゃないんだよ。

「じゃあなんでよ！」

「……だって大事《だいじ》だから。ゆゆかちゃんのこと」

私《わたし》は絞《しぼ》りだすように、ささやいた。

「すごく大事《だいじ》で、だからなんて言《い》っていいかわからなくて……」

すると、ゆゆかちゃんがまくしたてる。

「それがちがうの！　なんでもいいから言《い》うの！　二人《ふたり》でいっぱいしゃべって、泣《な》くならいっしょにわーわー泣《な》いて、で、もうどうでもいいか、ってなるの！　そういうもんなの！

私《わたし》だってね――」

ふと、ゆゆかちゃんの声《こえ》が小《ちい》さくなった。

「――あんたのことは、大事《だいじ》なんだよ」

ありがとう。

そう言《い》ってくれて、すごくうれしい。

私《わたし》、ゆゆかちゃんと友《とも》だちになれてよかった。

私《わたし》がしんみりしていると、ゆゆかちゃんは早口《はやくち》に言《い》った。

「あーホントに腹立《はらた》つ。馬村《まむら》くんも私《わたし》のこと、サラッとふるし！」

「えっ？」

「ふられたの！　でも、もういいんだ。馬村《まむら》くん、ちゃんと精一杯《せいいっぱい》の言葉《ことば》でふってくれたから……」

新学期《しんがっき》が始《はじ》まってから、ゆゆかちゃんは馬村《まむら》に告白《こくはく》したんだそうだ。

馬村《まむら》は深《ふか》く頭《あたま》をさげて、こう言《い》った。

――ごめん。ほかに好《す》きなやつがいます。ごめんなさい。

「う〜〜〜。思《おも》い出《だ》したら、やっぱりなんかムカついてきたっ！」

ゆゆかちゃんは少《すこ》し涙声《なみだごえ》でそう言《い》うと、ブンッと枕《まくら》を放《ほう》り投《な》げた。

枕《まくら》はベッドのほうへ飛《と》んできて、私《わたし》の顔《かお》に当《あ》たる。

ていうか、わざと当《あ》てたね？　今《いま》のは絶対《ぜったい》にそうだ！

「今《いま》のわざとだ」

「わざとだよ」

ゆゆかちゃんは、そのへんにあった魚形《さかながた》のクッションを、また投《な》げてくる。

「じゃあこっちだって！」

私《わたし》たちは、大笑《おおわら》いしながらクッションを投《な》げあった。

やがて、ゆゆかちゃんは落《お》ちるように寝《ね》てしまった。

その寝顔《ねがお》を見《み》ながら、私《わたし》は「ありがとう」と小《ちい》さくささやいた。


たくさんしゃべったせいか目《め》がさえてしまい、そっと部屋《へや》を抜《ぬ》けだして台所《だいどころ》へむかう。

縁側《えんがわ》をのぞくと、馬村《まむら》が外《そと》をむいて座《すわ》っていた。

「あれ？　まだ起《お》きてたの？」

「ああ」

「そこ、寒《さむ》くない？」

「大丈夫《だいじょうぶ》」

馬村《まむら》は、一面《いちめん》に星《ほし》が輝《かがや》く夜空《よぞら》を見《み》あげる。

白《しろ》い息《いき》がふわっと浮《う》かんだ。

「……いいとこだな」

「うん」

私《わたし》がとなりに座《すわ》ると、馬村《まむら》がつぶやいた。

「あんなことして、ごめん」

あんなことって、終業式《しゅうぎょうしき》の日《ひ》に抱《だ》きしめたことだよね。

「おまえがつらいときに、ごめん」

私《わたし》は、一生懸命《いっしょうけんめい》に言葉《ことば》を探《さが》した。

馬村《まむら》にちゃんと伝《つた》わるように。

「……私《わたし》、馬村《まむら》の気持《きも》ちにはこたえられない」

「わかってる。でもさ……帰《かえ》ってこいよ」

「うん」

「おまえいないと、つまんねーし」

私《わたし》が笑《わら》ってうなずくと、馬村《まむら》も笑《わら》った。


そのあと、あまり眠《ねむ》れなかった。

ふたりの言葉《ことば》を思《おも》いだすと、また泣《な》けてきて。

でも、悲《かな》しくて泣《な》くのは、もう終《お》わり。

こんど泣《な》くときは、だれかのためか、うれしいとき。

そう決《き》めたんだ。


週明《しゅうあ》け、私《わたし》は久《ひさ》しぶりに登校《とうこう》した。

ツルちゃんや犬飼《いぬかい》くんたちに「やっときたよー」「心配《しんぱい》したじゃん！」「モチの食《く》いすぎってマジ？」とか、いろいろつっこまれた。

こんなふうに言《い》ってくれる友《とも》だちがいるなんて、私《わたし》って幸《しあわ》せかも。

そのとき、獅子尾《ししお》先生《せんせい》が通《とお》りかかる。

「おはようございます」

「おはよう」

私《わたし》も先生《せんせい》も、何事《なにごと》もなかったかのように挨拶《あいさつ》をかわした。

今《いま》はムリに忘《わす》れようとなんてしない。

この気《き》持《も》ちを抱《かか》えたまま、前《まえ》に進《すす》めばいい。


春《はる》が近《ちか》づくにつれ、私《わたし》の心《こころ》から先生《せんせい》の姿《すがた》が少《すこ》しずつ消《き》えていった。

学校帰《がっこうがえ》り、馬村《まむら》が私《わたし》のつけていたマフラーを見《み》て言《い》った。

「それ、使《つか》ってるんだ」

クリスマスの日《ひ》、馬村《まむら》からもらったマフラー。

「うん。気《き》に入《い》ってるんだ。ありがとう」

「そっか。でもさ……」

馬村《まむら》は空《そら》を見《み》あげた。

「もう春《はる》じゃね？」

「そうだね」

私《わたし》はするっとマフラーを外《はず》した。

もうすぐ春《はる》がくるんだね。

■ニセカノ大作戦《だいさくせん》！

三年生《ねんせい》になって、担任《たんにん》が変《か》わった。

獅子尾先生《ししおせんせい》とは、ほとんど顔《かお》を合《あ》わせなくなった。

そして、私《わたし》の周辺《しゅうへん》ではすごいことが起《お》きている。

馬村《まむら》が、一年生《ねんせい》の女子《じょし》にモテまくってるのだ!!

今日《きょう》も女子《じょし》たちがキャーキャーさわぎながら、登校《とうこう》する馬村《まむら》のあとをつけている。

「目《め》が合《あ》った！」

「マジやばーい！」

馬村《まむら》はつきまとわれるのが心底《しんそこ》イヤみたい。迷惑《めいわく》そうにガンをとばした。

教室《きょうしつ》でも、モテ馬村《まむら》のことが話題《わだい》になっていた。

「そうなんだよ。馬村《まむら》が今《いま》、大人気《だいにんき》なの」

「〝ドS《エス》の王子《おうじ》〟だって」

ツルちゃんとカメちゃんの報告《ほうこく》に、ゆゆかちゃんの顔《かお》が引《ひ》きつる。

「一年《ねん》の女子《じょし》？　……ムカつくわね……」

「あんがい馬村《まむら》もコロッといったりしてね」

ツルちゃんのひとことに、なぜか私《わたし》はドキッとする。

「それ、なんかヤだな」

すると、ゆゆかちゃんが私《わたし》にこそっと言《い》った。

「はあ？　なにそれ。あんたがそう思《おも》うっておかしいでしょ。ふっといて、なに勝手《かって》なこと言《い》ってんの。バカじゃないの？　てか、バカ？」

「だよねぇ」

ゆゆかちゃんが、ニヤッと笑《わら》う。

「その気持《きも》ち、なんていうか知《し》ってる？」

「さあ……」

「ヤキモチっていうの」

えっ？

私《わたし》が馬村《まむら》にヤキモチって……そんなこと……。

私《わたし》たちの間《あいだ》にあった出来事《できごと》をなにも知《し》らないツルちゃんとカメちゃんが、いきなりとんでもないアイデアを出《だ》してきた。

「その一年女子《ねんじょし》ってさ、逆《ぎゃく》に馬村《まむら》に彼女《かのじょ》がいれば、おさまるんじゃない？　ニセモノでもさ」

「じゃあ、ゆゆかがニセカノになって、見《み》せつけてやんなよ」

うわー、すごいこと言《い》ってますけども。

ゆゆかちゃんを見《み》ると、意外《いがい》にもよゆうの表情《ひょうじょう》。

「いやぁ、私《わたし》じゃレベルが高《たか》すぎて、リアリティないでしょ」

カメちゃんたちは、「自分《じぶん》で言《い》ってるし～！」と笑《わら》ったあと、なぜか私《わたし》を見《み》る。

「じゃあ、すずめにやらせようよ」

え〜〜〜っ……なんで私《わたし》に振《ふ》るかな!?

ツルちゃんは、あわてふためいている私《わたし》を引《ひ》っ張《ぱ》って、男子《だんし》のいるところまで連《つ》れていった。

「ねーねー、作戦思《さくせんおも》いついたんだけど！」

ツルちゃんがひとしきり作戦内容《さくせんないよう》を説明《せつめい》すると、犬飼《いぬかい》くんと猿丸《さるまる》くんはノリノリだ。

でも、馬村《まむら》だけ、ぜんぜんのってこない。

「俺《おれ》、こいつとそういうのは、いらねーわ」

むすっと不機嫌《ふきげん》そうな顔《かお》をして、どこかへ行《い》ってしまった。

なによー。

そんな言《い》い方《かた》しなくたっていいのに。


昼休《ひるやす》み、購買《こうばい》でパンを買《か》った私《わたし》は、廊下《ろうか》にある水槽《すいそう》の前《まえ》でふと立《た》ちどまった。

金魚《きんぎょ》たちが、平和《へいわ》そうにすいすい泳《およ》いでいる。

私《わたし》は水槽《すいそう》をのぞきこみ、金魚《きんぎょ》に話《はな》しかけた。

「あんな言《い》い方《かた》しなくたっていいじゃんね。あんたたちはいいね。なんも考《かんが》えてなくて」

「失礼《しつれい》だなぁ。意外《いがい》と考《かんが》えてますよ？」

な、なに!?　金魚《きんぎょ》がしゃべった!?

ビクッとして振《ふ》りかえると、獅子尾先生《ししおせんせい》がニコニコ笑顔《えがお》で立《た》っていた。

「相変《あいか》わらず魚《さかな》、好《す》きだねー。元気《げんき》？」

とつぜん話《はな》しかけられて、私《わたし》は固《かた》まってしまった。

やっとのことでうなずく。

「そう。それはよかった」

ぜんぜん話《はなし》がつづかない。

ふたりとも無言《むごん》のまま、数秒間《すうびょうかん》。

どうしよう。逃《に》げたいよ。

「……えっと、あのさ――」

先生《せんせい》が口《くち》をひらいたとき、

「オイ！」

だれかの声《こえ》が飛《と》んできた。

見《み》ると、廊下《ろうか》のむこうから馬村《まむら》が早足《はやあし》で歩《ある》いてくる。

「なにしてんだよ」

馬村《まむら》、あきらかに機嫌《きげん》が悪《わる》い。

「なにもしてないよ。行《い》こう」

すると、馬村《まむら》はとつぜん、私《わたし》の肩《かた》を抱《だ》きよせた。

先生《せんせい》に見《み》せつけるようにして。

「もうこいつにかまうなよ。俺《おれ》たち、付《つ》き合《あ》ってるから」

は？

どうして先生《せんせい》に、そんなうそつくの？

「あ……」

これはちがうんです、うそなんです、って言《い》おうとしたけど、うまく言《い》えなくて。

先生《せんせい》は一瞬《いっしゅん》だけ動揺《どうよう》したような目《め》をして、そのあとおだやかにほほえんだ。

「そうか。おめでとうな」

先生《せんせい》にそんなふうに祝福《しゅくふく》されたって、ぜんぜんうれしくない。

「仲《なか》いいのも結構《けっこう》だけど、そろそろ教室《きょうしつ》戻《もど》れよ？」

遠《とお》ざかる先生《せんせい》のうしろ姿《すがた》を見《み》ながら、私《わたし》の心《こころ》は苦《くる》しかった。

はっと我《われ》に返《かえ》ると、馬村《まむら》が真《ま》っ赤《か》な顔《かお》をして、まだ私《わたし》の肩《かた》に手《て》をまわしている。

私《わたし》はなんだか混乱《こんらん》して、馬村《まむら》を突《つ》きとばした。

「……いってーな」

「なんであんなこと言《い》ったの？」

「気《き》が変《か》わったんだよ。おまえ、ニセカノ役《やく》やるんだろ？」

「でも、なんで今《いま》？　さっき、そういうのいらないって言《い》ってたじゃん!!」

わざわざ先生《せんせい》のいるところで言《い》わなくてもいいのに。

私《わたし》がプンプン怒《おこ》って行《い》こうとすると、馬村《まむら》に行《い》く手《て》をさえぎられる。

「やるならやってもらうから。ニセカノ」

なんなんだよ、もう！

「……これ、ふつうに帰《かえ》ってるだけじゃない？」

私《わたし》はとなりを歩《ある》く馬《ま》村《むら》に、文《もん》句《く》を言《い》った。

恋《こい》人《びと》同《どう》士《し》の私《わたし》たちは、仲《なか》良《よ》くいっしょに帰《かえ》るのだった……もちろん「フリしてるだけ」だけど。

さっきから一年《ねん》女《じょ》子《し》の集《しゅう》団《だん》が、物《もの》陰《かげ》から私《わたし》たちを見《み》てるのがわかる。

ヒソヒソヒソヒソ、なんか言《い》ってる。「あれってカノジョ？」だとか「まさか、ちがうでしょ」だとか。

しかも、馬《ま》村《むら》の機《き》嫌《げん》もとても悪《わる》い。

「こんなんじゃ、効《こう》果《か》ないんじゃ……」

言《い》い終《お》わらないうちに、馬《ま》村《むら》が私《わたし》の手《て》をつかんだ。

手《て》をつないで、恋《こい》人《びと》同《どう》士《し》に見《み》せかけるってわけ!?

「ちょ……」

き、緊張《きんちょう》するじゃん……!!

馬村《まむら》、顔《かお》が真《ま》っ赤《か》になってる。

私《わたし》たちはだまって歩《ある》きつづけた。

馬村《まむら》は自分《じぶん》から手《て》をつないだくせに、あんまり強《つよ》くにぎらない。

先生《せんせい》はぎゅっとにぎったのに、馬村《まむら》はふわっとにぎる。

馬村《まむら》の手《て》と先生《せんせい》の手《て》は、ぜんぜんちがうな、と私《わたし》は思《おも》った。


ニセカノ作戦《さくせん》が効《き》いたのか、三日《みっか》も経《た》つと、一年女子《ねんじょし》の追《お》っかけ集団《しゅうだん》はだんだん姿《すがた》を消《け》していった。

最初《さいしょ》はどうなることかと思《おも》ったけど、意外《いがい》といい作戦《さくせん》だったみたい。

ツルちゃんとカメちゃんも、作戦《さくせん》が効果絶大《こうかぜつだい》だったことにおどろいている。

「大成功《だいせいこう》だね！　一年女子《ねんじょし》、ぜんぜんこなくなったじゃん」

「でもなんか、あっさりいなくなったよね。なんでだろ？」

私《わたし》は、教室《きょうしつ》の端《はし》っこにいる馬村《まむら》の姿《すがた》を、つい見《み》てしまう。

めざといゆゆかちゃんが、それを見逃《みのが》すはずもなく。

「あんたたち、なんかあったでしょ？」

「えっ？　いやべつに。なんもないよ？」

ただ手《て》をつないだだけ。

なんかあったってほどじゃないし。


一週間《いっしゅうかん》経《た》った。

私《わたし》と馬村《まむら》は、ならんでいつもの帰《かえ》り道《みち》を歩《ある》く。

一年女子《ねんじょし》、すでにまったく見当《みあ》たらず。

気《き》まずい。見《み》せる一年《ねん》もいないのにいっしょに歩《ある》くのは、けっこう気《き》まずい。

「……もう終《お》わりでいいんじゃね？」

「……そだね。一週間《いっしゅうかん》もやったしね」

そう言《い》ってみたものの、これで終《お》わっちゃうって思《おも》うと、ちょっとさびしいかも。

……って、なにさびしがってるんだろ、私《わたし》。

「じゃあさ」

馬村《まむら》がおもむろに、バッグからなにかを出《だ》す。

水族館《すいぞくかん》のチケットだった。

「えっ？」

「一週間《いっしゅうかん》のお礼《れい》。おまえ、魚好《さかなす》きじゃん」

うれしいけど。

水族館《すいぞくかん》は、先生《せんせい》と約束《やくそく》したのに行《い》けなかった場所《ばしょ》。

とまどう私《わたし》に、馬村《まむら》は問《と》いかけた。

「なに？」

「いや、なんでもないよ」

「……もしかして、あいつと行《い》った？」

ごめん。私《わたし》きっと、顔《かお》に出《で》てたよね。

そんなこと言《い》わせるつもりじゃなかったのに。

私《わたし》はにっこり笑《わら》った。

「ううん。すっごく行《い》きたかったから。水族館《すいぞくかん》！」

これはうそとかじゃなくて、本当《ほんとう》の気持《きも》ち。

馬村《まむら》といっしょに行《い》く水族館《すいぞくかん》は、きっと楽《たの》しいと思《おも》うんだ。


青《あお》く輝《かがや》く巨大《きょだい》な水槽《すいそう》に、たくさんの魚《さかな》がゆったりと泳《およ》いでいる。

上《うえ》のほうを見《み》あげると、ひらべったいエイがふわーっと横切《よこぎ》っていく。

楽《たの》しくて、私《わたし》はテンション上《あ》がりまくりだった。

「うわ、なにこれすごい！　キレイ！　見《み》て馬村《まむら》、ウシエイだよ、でかっ！」

「うるせーよ」

馬村《まむら》があきれて笑《わら》っている。

「だって、だってだってだって、これ海《うみ》だよ。まんま海《うみ》！」

目《め》の前《まえ》で竜巻《たつまき》みたいな渦《うず》を作《つく》っているのは、イワシの大群《たいぐん》。

ライトに照《て》らされてキラキラ光《ひか》っている。

「わぁ……」

イワシって幻想的《げんそうてき》だったんだな。おいしいだけじゃなくて。

しばらくうっとり水槽《すいそう》を眺《なが》めたあと、私《わたし》たちは「生《い》き物《もの》に触《さわ》ってみよう！」のコーナーへ行《い》った。

潮《しお》だまりのようになった浅《あさ》い水槽《すいそう》に、ヒトデやナマコが沈《しず》んでいる。

うわー、ヒトデかっこいい！

「ほら、馬村《まむら》も触《さわ》ってみなよ。意外《いがい》とカチカチだよ」

ヒトデをつかんだ手《て》を馬村《まむら》に突《つ》きだすと、馬村《まむら》は、げっ！　という顔《かお》をした。

「やめろ、バカ！」

「あ、ナマコのほうがいい？」

「それ、わざとやってんだろ？」

「なんで？　かわいいじゃん」

「……かわいい……か？」

もしかして、ナマコをかわいいと思《おも》ってるのって、私《わたし》だけ!?　そうなの!?

衝撃《しょうげき》の事実《じじつ》におどろいていると、馬村《まむら》が笑《わら》いだした。

「おまえ、面白《おもしろ》すぎ」

ひどいなー。そんなに笑《わら》わなくても。

でもまあ、いいかな。馬村《まむら》も楽《たの》しそうにしてるしね。


私《わたし》たちは、上《うえ》の階《かい》へ上《あ》がるエスカレーターに乗《の》った。

ここは水槽《すいそう》の中《なか》を通《とお》る水中《すいちゅう》トンネルになっていて、水族館《すいぞくかん》の中《なか》でも人気《にんき》のスポット。

「……きれいだね」

マリンブルーの水《みず》の中《なか》をいろいろな魚《さかな》が行《い》きかって、まるで本物《ほんもの》の海《うみ》の中《なか》にいるみたい。

「ね、馬村《まむら》。あれってサメかな？」

エスカレーターの前《まえ》に立《た》っていた私《わたし》は振《ふ》りかえった。

すると、ちょうど目《め》の前《まえ》に馬村《まむら》の顔《かお》が！

ち、近《ちか》っ……。

馬村《まむら》が、じっと私《わたし》を見《み》つめる。

ドキドキして、私《わたし》は耐《た》えられずに前《まえ》をむいた。

どーしよう……ふつうにしなくては、ふつうに。


水族館《すいぞくかん》からの帰《かえ》り、私《わたし》は妙《みょう》に意識《いしき》してしまい、馬村《まむら》とうまくしゃべれずにいた。

ふたりでだまって公園《こうえん》を歩《ある》いていると、とつぜん馬村《まむら》が立《た》ち止《ど》まる。

「……ごめん。俺《おれ》、やっぱ好《す》きだわ」

えっ？

「くっそ。こんなこと言《い》うつもりなかったのに……」

馬村《まむら》は、両手《りょうて》で首《くび》のうしろを押《お》さえてうつむいた。

見《み》る見《み》る顔《かお》が赤《あか》くなっていく。

私《わたし》もうつむく。

心臓《しんぞう》が飛《と》びだしそうなくらい、高鳴《たかな》っていた。

「おい、与謝野《よさの》すずめ。こっちむけ」

私《わたし》ははっとして顔《かお》を上《あ》げた。馬村《まむら》と視線《しせん》が合《あ》う。

「おまえがバカで、めんどくせー性格《せいかく》なのも、まだあいつのことを引《ひ》きずってるのも知《し》ってる」

馬村《まむら》は真《ま》っ赤《か》な顔《かお》のまま、言葉《ことば》をつづける。

「それでもあきらめられない俺《おれ》は、もっとバカなんだろうな。一回《いっかい》ふられてるし。でも、俺《おれ》……おまえしかいない」


馬村《まむら》の瞳《ひとみ》には、ためらいがなくて。

私《わたし》はぐっと引《ひ》きこまれてしまう。


「好《す》きだ」

「私《わたし》……私《わたし》は……」

私《わたし》の気持《きも》ちを知《し》ってか、馬村《まむら》はさらっと言《い》った。

「答《こた》え、今《いま》じゃなくていい」

そして、背中《せなか》をむけて歩《ある》いて行《い》ってしまった。

揺《ゆ》れる気持《きも》ち

眠《ねむ》れないっ！

水族館《すいぞくかん》から帰《かえ》ってきた夜《よる》、私《わたし》はちっとも眠《ねむ》れなかった。

ベッドの中《なか》で、馬村《まむら》のことをぐるぐる考《かんが》えているうちに、朝《あさ》がきた。

外《そと》で小鳥《ことり》の鳴《な》き声《ごえ》がピチピチ聞《き》こえはじめたころ、私《わたし》はガバッと起《お》きあがった。

「よしっ！」

パジャマを着替《きが》えて、髪《かみ》を結《ゆ》わえる。

玄関《げんかん》のドアをあけると、私《わたし》は走《はし》りだした。

早朝《そうちょう》の住宅街《じゅうたくがい》はまだ人通《ひとどお》りが少《すく》なくて、空気《くうき》は少《すこ》しひんやりしていた。

たどり着《つ》いた家《いえ》の表札《ひょうさつ》には「馬村《まむら》」と書《か》いてあって。

寝《ね》ぼけまなこの馬村《まむら》が、玄関先《げんかんさき》に立《た》っていた。

出《で》がけにメールで「これから行《い》く」とだけ送《おく》っておいたんだ。

「……なに？　どしたの？」

「昨日《きのう》の、返事《へんじ》、しようと、思《おも》って」

息《いき》がまだ整《ととの》っていない私《わたし》は、とぎれとぎれにそう言《い》った。

「え？　今《いま》？」

「うん、今《いま》」

馬村《まむら》は心《こころ》の準備《じゅんび》をするためか、ちょっと間《ま》を置《お》いてから答《こた》える。

「わかった。言《い》えよ。聞《き》くから」

「はい。えっとね……」

緊張《きんちょう》をほぐすために、何回《なんかい》か深呼吸《しんこきゅう》する。

「正直《しょうじき》に言《い》います。馬村《まむら》は……先生《せんせい》とぜんぜんちがう」

手《て》をつないだときの感《かん》じも。体温《たいおん》も。

馬村《まむら》と先生《せんせい》はぜんぜんちがっていた。

「えっと、あの、私《わたし》、先生《せんせい》といるときは、いつもドキドキして、そばにいるだけでうれしくて、でも胸《むね》は苦《くる》しくて。なんていうか、すごく恋《こい》してるって感《かん》じだった」

馬村《まむら》はなにも言《い》わずに、私《わたし》の話《はなし》を聞《き》いている。

「でも、馬村《まむら》といるときはぜんぜんちがくて。馬村《まむら》には言《い》いたいこと言《い》えるし、いっしょにいると落《お》ち着《つ》くし。すごくつらいときも、馬村《まむら》がいてくれたから立《た》ち直《なお》れた。でもね――」

一気《いっき》にそこまで言《い》った私《わたし》は、少《すこ》し息継《いきつ》ぎをした。

「――これが恋《こい》かって言《い》われたら、正直《しょうじき》、わからない。ごめん」

馬村《まむら》が、ふっと小《ちい》さなため息《いき》をつく。

「そっか……わかった」

「というのが、昨日《きのう》までの私《わたし》の考《かんが》えでして……」

「はぁ？」

「こっからが、今《いま》の私《わたし》の考《かんが》え」

そうなの。

ここからなの、ちゃんと聞《き》いてほしいのは。

まだ私《わたし》の気持《きも》ち、半分《はんぶん》も伝《つた》えてないんだよ。

「おまえ、ほんとにめんどくせーな！」

馬村《まむら》があきれた声《こえ》をあげる。

「いや、でも、あのね……」

「わかったわかったわかった。聞《き》くよ」

私《わたし》はうんうんとうなずいて、話《はなし》をつづけた。

「馬村《まむら》は馬村《まむら》だもん。先生《せんせい》といるときと、同《おな》じ気持《きも》ちになるはずがない」

全《まった》く別《べつ》の人《ひと》なんだから同《おな》じにならなくても、いいんだと思《おも》う。

これが恋《こい》かと言《い》われれば、正直《しょうじき》まだ分《わ》からないけど。

私《わたし》は馬村《まむら》といる時間《じかん》が、とても好《す》き。

「だから、私《わたし》、全力《ぜんりょく》で馬村《まむら》のほうをむく努力《どりょく》をする」

私《わたし》と馬村《まむら》の視線《しせん》が、重《かさ》なった。

「ごめん、上《うえ》から目線《めせん》で。でも、でももし馬村《まむら》が、それでもまあいっかな、とか、とりあえずいっしょにいてやるか、ぐらいの気《き》持《も》ちで考《かんが》えてくれるなら……」

私《わたし》はぎゅっとこぶしをにぎって、力《ちから》を入《い》れた。

「私《わたし》と付《つ》き合《あ》ってください！」

言《い》った瞬間《しゅんかん》、体《からだ》じゅうが熱《あつ》くなる。

これを言《い》うために、ここまで走《はし》ってきたんだ。

馬村《まむら》は目《め》を丸《まる》くして、私《わたし》を見《み》つめている。

「すげーむちゃくちゃだな、おまえ」

「ほんと、むちゃくちゃ――」

「知《し》ってる。おまえがそういうヤツだってことくらい、知《し》ってるわ。バーカ」

馬村《まむら》が、ふふっとほほえんで言《い》った。

「今《いま》まで以上《いじょう》に大切《たいせつ》にする。よろしくお願《ねが》いします」

こんなふうにやわらかく笑《わら》う馬村《まむら》を、私《わたし》ははじめて見《み》た。

馬村《まむら》の顔《かお》が真《ま》っ赤《か》になってる。

私《わたし》もきっと、負《ま》けないくらい赤《あか》くなっていると思《おも》う。

「こ、こ、こちらこそ！」

ふたりともしばらくその場《ば》で立《た》ちすくんでいたら、ゴミを出《だ》しにきたおばちゃんに、じろじろ見《み》られているのに気《き》づいた。

朝《あさ》っぱらから玄関先《げんかんさき》でなにやってんだろう？　って顔《かお》してる。

そろそろ退散《たいさん》しなくちゃ。

本当《ほんとう》はまだ帰《かえ》りたくないけど。もっと話《はな》していたいけど。

「えっと……じゃあね」

背中《せなか》をむけた私《わたし》に、馬村《まむら》が呼《よ》びかける。

「すずめ！」

胸《むね》がドキンとして、振《ふ》りかえる。

馬村《まむら》が私《わたし》のこと、名前《なまえ》で呼《よ》んだ。

うれしくて、思《おも》わず顔《かお》がほころんでしまう。

「また学校《がっこう》でな！」

「うん！」

手《て》を振《ふ》って走《はし》りだすと、なぜか涙《なみだ》がこぼれた。

これはなんの涙《なみだ》だろう？

つぎに泣《な》くときは、だれかのためか、うれしいときって決《き》めていた。

この涙《なみだ》は、両方《りょうほう》なのかもしれないな。

私《わたし》は温《あたた》かい涙《なみだ》を手《て》のひらでぬぐいながら、家《いえ》まで走《はし》りつづけた。


今日《きょう》のホームルームの議題《ぎだい》は、五月《がつ》の終《お》わりにある体育祭《たいいくさい》。

どの競技《きょうぎ》にだれが出場《しゅつじょう》するか、みんなで決《き》めているんだけど……猿丸《さるまる》くんと犬飼《いぬかい》くんは、馬村《まむら》のほうばっかり見《み》ている。

「いやー、ちょっと想像《そうぞう》できないんだよねー」

と首《くび》をかしげる猿丸《さるまる》くんに、馬村《まむら》がむすっとして言《い》いかえす。

「想像《そうぞう》すんじゃねーよ」

「だって、付《つ》き合《あ》うってことはさ」

そう言《い》って、犬飼《いぬかい》くんが私《わたし》を見《み》る。

「だから想像《そうぞう》すんじゃねーよ！」

馬村《まむら》がまた言《い》いかえしたそのとき、体育祭実行委員《たいいくさいじっこういいん》の子《こ》の声《こえ》がとんでくる。

「じゃあクラス対抗《たいこう》リレーは、馬村《まむら》くんで」

「は？　いつの間《ま》に？」

うろたえている馬村《まむら》をしりめに、猿丸《さるまる》くんが手《て》を挙《あ》げる。

「いいと思《おも》いまーす。去年《きょねん》も出《で》てたし。てか、こいつ今《いま》、調子乗《ちょうしの》ってるんで、すげー走《はし》ると思《おも》いまーす！」

馬村《まむら》が猿丸《さるまる》くんをギロリとにらんだ。

私《わたし》は恥《は》ずかしくてアタフタするばかりで。

ゆゆかちゃんは、私《わたし》たちを見《み》てくすくす笑《わら》っていた。

もー、ゆゆかちゃんぜったいに、この状況《じょうきょう》を面白《おもしろ》がってるよ。

小道具係《こどうぐがかり》になった私《わたし》は、ポンポンとハチマキを作《つく》るために、家庭科室《かていかしつ》へ行《い》った。

ポンポンを作《つく》るの、得意《とくい》なんだよね。

ハチマキは、とくべつに馬村《まむら》のぶんを作《つく》ろうと思《おも》ってるんだ。

みんなが家庭科室《かていかしつ》に集《あつ》まったところで、ドアがガラッとあいた。

「えーと、ここが小道具係《こどうぐがかり》かな？」

獅子尾先生《ししおせんせい》だった。

目《め》が合《あ》ってしまった私《わたし》は、あわてて視線《しせん》をそらす。

だれかが「先生《せんせい》、遅《おそ》いですよー」とからかうと、先生《せんせい》は笑《わら》った。

意識《いしき》しているのは私《わたし》だけで、先生《せんせい》はふだんどおりだ。

「できたらこの箱《はこ》に入《い》れて。あと、ハチマキもあるから。手《て》があいた人《ひと》は手伝《てつだ》ってあげて」

ポンポンがどんどんできあがり、箱《はこ》の中身《なかみ》が増《ふ》えていく。

手《て》を動《うご》かしていると、よけいなことを考《かんが》えなくてすむからいいな。

私《わたし》は先生《せんせい》のことをすっかり忘《わす》れて、作業《さぎょう》に没頭《ぼっとう》していた。

馬村《まむら》のハチマキには、「馬《うま》」の絵《え》を刺繍《ししゅう》するつもりなんだけど……私《わたし》、あんまり裁縫《さいほう》って上手《じょうず》じゃなくて。

「いたたた……」

また針《はり》で指《ゆび》を刺《さ》しちゃった。

まあでも、われながらいいカンジに縫《ぬ》えたんじゃないかな、この馬《うま》！

「まだやってるの？」

「は、はい！」

声《こえ》のするほうを見《み》ると、ドアの外《そと》から獅子尾先生《ししおせんせい》がのぞいている。

私《わたし》はあわててハチマキをかくした。

教室《きょうしつ》は、いつのまにか私《わたし》ひとりだけになっていた。

「馬村《まむら》のハチマキ？」

「……はい」

私《わたし》がうなずくと、先生《せんせい》はほほえんだ。

「喜《よろこ》ぶよ、あいつ。でももう遅《おそ》いから」

ほんとだ。もう日《ひ》が暮《く》れる時間《じかん》。私《わたし》はあわてて裁縫道具《さいほうどうぐ》を片《かた》づけはじめた。

「はい……帰《かえ》ります」

「うん。じゃあ、おつかれさま」

両手《りょうて》に荷物《にもつ》をいっぱい持《も》って立《た》ちあがり、先生《せんせい》の前《まえ》を通《とお》りすぎようとしたとき、

「ちゅんちゅん」

久《ひさ》しぶりにそのあだ名《な》で呼《よ》ばれて、私《わたし》の足《あし》が止《と》まった。

先生《せんせい》は、「あ……いや……」と言葉《ことば》をにごしている。

そのあだ名《な》で呼《よ》ばないで。

先生《せんせい》のことが大好《だいす》きだった日々《ひび》のことを、思《おも》いだしちゃうから……。

いたたまれなくなって、逃《に》げるように歩《ある》きだしたとたん、

「あっ！」

机《つくえ》の角《かど》につまずいてしまった。

転《ころ》びかけた私《わたし》を、とっさに先生《せんせい》の腕《うで》がささえる。

そのまま私《わたし》の体《からだ》は引《ひ》かれ、先生《せんせい》の両腕《りょううで》の中《なか》におさまった。

私《わたし》をつつむ先生《せんせい》の腕《うで》に、きゅっと力《ちから》が入《はい》る。
逆《ぎゃく》に私《わたし》は力《ちから》がぬけて、糸《いと》やハサミや針山《はりやま》をバラバラと床《ゆか》に落《お》としてしまった。
手《て》の中《なか》に残《のこ》ったのは、馬村《まむら》のために作《つく》ったハチマキだけ。
「し、失礼《しつれい》します……」
私《わたし》は先生《せんせい》の体《からだ》から離《はな》れ、駆《か》けだした。
ちゃんと先生《せんせい》の顔《かお》を見《み》ることができなかった。
見《み》れば、私《わたし》の中《なか》のなにかが揺《ゆ》らいでしまいそうで。
全力《ぜんりょく》で馬村《まむら》のほうをむくって決《き》めたのに。
どうしてまだ、先生《せんせい》のことを気《き》にしてしまうんだろう――。

気持《きも》ちがもやもや落《お》ち着《つ》かないまま、日々《ひび》は過《す》ぎて。

体育祭《たいいくさい》の日《ひ》は、私《わたし》の気持《きも》ちとはうらはらに快晴《かいせい》だった。

校庭《こうてい》には赤《あか》、青《あお》、白《しろ》、黄《き》のチーム別《べつ》カラーのハチマキをつけた全校生徒《ぜんこうせいと》が集《あつ》まり、競技《きょうぎ》がはじまるたびに大《おお》きな応援《おうえん》と歓声《かんせい》があがっていた。


馬村《まむら》のために作《つく》ったハチマキ。

これを渡《わた》す資格《しかく》が、私《わたし》にあるのかな？

「……ううん、ちゃんと渡《わた》すよ」

私《わたし》は自分《じぶん》にそう言《い》い聞《き》かせ、ハチマキをにぎりしめて選手《せんしゅ》の集合場所《しゅうごうばしょ》へむかった。

もうすぐ、馬村《まむら》が出場《しゅつじょう》するクラス対抗《たいこう》リレーがはじまる。

「馬村《まむら》！」

振《ふ》りかえった馬村《まむら》へ駆《か》けよる。

「あのね……これ……あの……」

ハチマキを渡《わた》すと、馬村《まむら》はまじまじと刺繍《ししゅう》の「馬《うま》」をながめる。

「犬《いぬ》？」

「馬《うま》だよ！」

「わかってるよ」

馬《ま》村《むら》はくすくす笑《わら》った。

私《わたし》はその笑《え》顔《がお》から目《め》が離《はな》せなかった。

全力《ぜんりょく》で馬《ま》村《むら》のほうをむくって決《き》めたのに。私《わたし》、まだ迷《まよ》ってるのかな？

自分《じぶん》で自分《じぶん》の気《き》持《も》ちが、よくわからない。

「なに？　なんかおまえ、ちょっと変《へん》だよ」

「え？　こ、こういうの渡《わた》したりするの、慣《な》れてないから。照《て》れくさいだけだよ」

「そっか」

そう言《い》うと、馬《ま》村《むら》は私《わたし》の肩《かた》に、トンッとおでこをのせた。

「ありがとう。うれしい」

幸《しあわ》せそうに笑《わら》う馬《ま》村《むら》を見《み》て、少《すこ》しうしろめたいのはどうして？

「馬《ま》村《むら》……」

「うん？」

「……私《わたし》を離《はな》さないでね」

「えっ？」

なんで言《い》っちゃったんだろう。

離《はな》さないで、なんて。

「あ……ごめん。がんばってね！」

馬村《まむら》に手《て》を振《ふ》り、私《わたし》は走《はし》ってクラス席《せき》に戻《もど》った。


『次《つぎ》はいよいよクラス対抗《たいこう》リレーです。一組《くみ》、赤《あか》。二組《くみ》、青《あお》――』

ざわざわと騒《さわ》がしい校庭《こうてい》にアナウンスが響《ひび》き、トラックにリレー選手《せんしゅ》が集《あつ》まりだす。

『なお白《しろ》は、卒業生《そつぎょうせい》と先生方《せんせいがた》の混成《こんせい》チームです。第《だい》一走者《そうしゃ》、鮎川先生《あゆかわせんせい》。第《だい》二走者《そうしゃ》、卒業生《そつぎょうせい》、猪又《いのまた》さん――』

馬村《まむら》を捜《さが》してトラックを見《み》ると、なんと獅子尾先生《ししおせんせい》が立《た》っている。

『――アンカーは、獅子尾先生《ししおせんせい》です』

ゆゆかちゃんが私《わたし》の横《よこ》にくる。

「獅子尾先生《ししおせんせい》が出《で》るの、知《し》ってた？」

私《わたし》は首《くび》を横《よこ》に振《ふ》った。

「アンカーって、馬村《まむら》くんもだよね？」

「うん……」

トラックの真《ま》ん中《なか》では、馬村《まむら》と獅子尾先生《ししおせんせい》がなにか会話《かいわ》をしていた。

なにを話《はな》してるんだろう？

でも、その顔《かお》つきを見《み》れば、楽《たの》しい話題《わだい》じゃないってことがわかる。

ふたりともピリピリしているように見《み》えるから——。


ピストルの音《おと》とともに、リレーがスタートした。

どのチームも、抜《ぬ》いたり抜《ぬ》かれたり。

中《なか》でも、混成《こんせい》チームの卒業生《そつぎょうせい》がひとり、ダントツで速《はや》くて。

『卒業生《そつぎょうせい》の鹿野《しかの》さん、速《はや》い！　昨年《きょねん》は高校総体《こうこうそうたい》の陸上競技大会《りくじょうきょうぎたいかい》で、二百メートル全国《ぜんこく》三位《い》の成績《せいせき》を残《のこ》しています！』

この卒業生《そつぎょうせい》からバトンを受《う》けとるのは、アンカーの獅子尾先生《ししおせんせい》だ。
先生《せんせい》の横《よこ》では馬村《まむら》が立《た》ち、走《はし》る準備《じゅんび》をしている。
「なんか、すごい展開《てんかい》」
ゆゆかちゃんの言《い》うとおり、すごい展開《てんかい》。
最初《さいしょ》にバトンを受《う》けとったアンカーは、獅子尾先生《ししおせんせい》だった。
そのあと少《すこ》し遅《おく》れて、馬村《まむら》が走《はし》りだす。
『アンカーに渡《わた》りました！　トップは獅子尾先生《ししおせんせい》、二位《い》は一組《くみ》の馬村《まむら》くん！』
アナウンスが白熱《はくねつ》する。
馬村《まむら》が必死《ひっし》に先生《せんせい》を追《お》う。
でも、追《お》いつけそうで、追《お》いつけない。
ゆゆかちゃんが息《いき》をのんだ。
「先生《せんせい》、ねばってる」
先頭《せんとう》は、馬村《まむら》と先生《せんせい》のデッドヒート。
観客全員《かんきゃくぜんいん》が、レースにくぎづけになった。

歓声《かんせい》がわきあがる中《なか》、私《わたし》はただ、力《ちから》いっぱいに走《はし》る二人《ふたり》を見《み》つめていた。

ゴールまであと五メートル……！

私《わたし》は思《おも》わず叫《さけ》んだ。

「がんばれ！」

その瞬間《しゅんかん》、まるで声《こえ》が届《とど》いたかのように、馬村《まむら》のスピードが上《あ》がった。

ゴール直前《ちょくぜん》で先生《せんせい》を追《お》いぬき、そのいきおいでゴールテープを切《き》る。

「やった！　馬村《まむら》くん、勝《か》ったよ！」

「うちら一位《い》じゃん！」

一組《くみ》のみんなが歓喜《かんき》の声《こえ》をあげた。

気《き》づけば私《わたし》は、走《はし》り終《お》えた先生《せんせい》の姿《すがた》をぼんやり見《み》ていた。

先生《せんせい》は膝《ひざ》に手《て》をついて息《いき》を整《ととの》えている。

『ただいまの結果《けっか》、一位《い》、一組《くみ》。二位《い》、卒業生《そつぎょうせい》と先生方《せんせいがた》の混成《こんせい》チーム、三位《い》――』

ふと視線《しせん》を感《かん》じて振《ふ》りかえる。

こっちを見《み》ている馬村《まむら》と目《め》が合《あ》った。

思《おも》わず作《つく》り笑《わら》いしながらごまかす。
さっきとっさに出《で》た「がんばれ」は、だれにむけての言葉《ことば》だったんだろう。

■覚悟《かくご》を決《き》めて

もうすぐ夏休《なつやす》み。

そういえば、私《わたし》が東京《とうきょう》に出《で》てきたのは、暑《あつ》い夏《なつ》のまっさかりだった。

東京《とうきょう》へきて、もうすぐ一年《ねん》になるんだな……。

「特別講習《とくべつこうしゅう》に参加《さんか》する人《ひと》は、このあと残《のこ》ってくださーい」

ホームルームの最後《さいご》にクラス委員《いいん》が言《い》い、私《わたし》たちいつものメンバーは教室《きょうしつ》に残《のこ》る。

私《わたし》は、元気《げんき》のない馬村《まむら》のことが気《き》になって仕方《しかた》がなかった。

気《き》まずいってほどじゃないけど。

体育祭《たいいくさい》が終《お》わってから、なんとなく距離《きょり》があるっていうか。

「なにこれ、マジで一日《いちにち》じゅう勉強《べんきょう》ばっかじゃん！」

配《くば》られたカリキュラムを見《み》て、猿丸《さるまる》くんが文句《もんく》を言《い》う。

特別講習《とくべつこうしゅう》は合宿形式《がっしゅくけいしき》だから、ずーっと勉強《べんきょう》。ひたすら勉強《べんきょう》。

「しょーがないよ」

「私《わたし》たちも、いちおう三年《ねん》なんだから」

ツルちゃんとカメちゃんがため息《いき》をつく。

馬村《まむら》はバッグを持《も》って、席《せき》を立《た》とうとしていた。

犬飼《いぬかい》くんが声《こえ》をかける。

「あれ、馬村《まむら》も行《い》くっしょ？」

「ああ、俺《おれ》はいいわ」

えっ、行《い》かないの？

私《わたし》は、教室《きょうしつ》を出《で》ていく馬村《まむら》を追《お》いかけた。

「待《ま》って。行《い》こうよ」

馬村《まむら》は無言《むごん》で振《ふ》りかえった。

「私《わたし》、馬村《まむら》といっしょに行《い》きたいよ！」

「……わかったよ」

よかった。

やっぱり、みんなで参加《さんか》したほうが楽《たの》しいし。

それに、馬村《まむら》がいないのは、さびしいから。


特別講習《とくべつこうしゅう》の宿舎《しゅくしゃ》は、湖《みずうみ》のほとりにあった。

ここは東京《とうきょう》からそれほど遠《とお》くないのに、自然《しぜん》がいっぱいだ。ハイキングとかボート漕《こ》ぎとかやったら楽《たの》しそうなのにな。

私《わたし》たちはそういう楽《たの》しいことナシ。ずっと勉強《べんきょう》ばっかり。

一日目《にちめ》から模擬《もぎ》テストって……かなりつらいんですけど！

「はい、時間《じかん》です。うしろから集《あつ》めて」

先生《せんせい》の合図《あいず》で私《わたし》たちはシャーペンを置《お》き、テスト用紙《ようし》を集《あつ》めはじめる。

猿丸《さるまる》くんなんか、すでにグッタリしてる。

「ダメ！　俺《おれ》もうダメ……遊《あそ》ばしてくれよ！」

「耐《た》えろ、猿丸《さるまる》。これが終《お》われば三十分《さんじゅっぷん》の自由時間《じゆうじかん》だ」

犬飼《いぬかい》くんがため息《いき》をついた。


自由時間《じゆうじかん》になり、私《わたし》は馬村《まむら》の姿《すがた》を探《さが》した。

馬村《まむら》は湖《みずうみ》のほとりの広場《ひろば》に、ひとりで座《すわ》っていた。

「となり、いい？」

「……ああ」

馬村《まむら》のとなりに座《すわ》ったのはいいけど、なんとなく落《お》ち着《つ》かない。

しばらくふたりで、広々《ひろびろ》とした湖《みずうみ》を眺《なが》める。

「あのさ」

「おまえさ」

同時《どうじ》に言《い》ってしまって、ふたりともはっとする。

「あ……いやぁ……」

「なんだよ。先《さき》に言《い》えよ」

私《わたし》はちゃんと座《すわ》りなおしてから、話《はなし》を切《き》りだした。

「あのね、お願《ねが》いがあるんだけど」

「なに？」

「馬村《まむら》さ、なにか思《おも》ってることがあるなら、気持《きも》ち、正直《しょうじき》に言《い》ってほしい」

「なんだよ。それだけかよ」

馬村《まむら》はさびしげに笑《わら》った。

「馬村《まむら》の話《はなし》は？」

「俺《おれ》のは……いいや」

いいや、って……。

なにか言《い》いたそうにしてたのに？

馬村《まむら》は立《た》ちあがると、宿舎《しゅくしゃ》のほうへ歩《ある》いていく。

入《い》れ替《か》わりでゆゆかちゃんたちがやってきた。

犬飼《いぬかい》くんが馬村《まむら》に「もう戻《もど》んの？」だとか話《はな》しかけているけど、馬村《まむら》は小《ちい》さく「ああ」

と返事《へんじ》をしたきり、行《い》ってしまった。

ゆゆかちゃんはなにか勘《かん》づいたらしく、馬村《まむら》と私《わたし》を交互《こうご》に見《み》る。

でもほかのみんなは、私《わたし》たちがぎくしゃくしていることに気《き》づいてない。

カメちゃんがニタッと笑《わら》う。

「ねーねー、すずめ。ちょっと相談《そうだん》なんだけどね」

「うん？」

「講習終《こうしゅうお》わったらさ、打《う》ちあげやれない？　またおじさんの店《みせ》で、みんなで」

ツルちゃんの言葉《ことば》に、猿丸《さるまる》くんがうなずく。

「パーッとやらせてよ。そういうのないと、俺《おれ》もう……」

「猿丸《さるまる》、モチベーションだださがりなんだもん」

犬飼《いぬかい》くんはちょっとあきれ気味《ぎみ》だ。

「打《う》ちあげ、いいね。あとでおじさんに聞《き》いてみるよ」

私《わたし》は、宿舎《しゅくしゃ》に戻《もど》る前《まえ》に、おじさんに電話《でんわ》をかけた。

「仕事中《しごとちゅう》にごめんね。今週末《こんしゅうまつ》なんだけど……」

電話《でんわ》に出《で》たおじさんの声《こえ》が、なぜか少《すこ》しふるえている。

なにがあったの？

「悪《わる》い、すずめ。今《いま》ちょっと大変《たいへん》なんだ。獅子尾《ししお》くんが事故《じこ》に……」

獅子尾先生《ししおせんせい》が。

事故《じこ》――。


どうしよう。

混乱《こんらん》した私《わたし》は、その場《ば》に立《た》ち尽《つ》くしていた。

そのとき、馬村《まむら》が宿舎《しゅくしゃ》から出《で》てきた。

「どうした？　なんかあった？」

「え？　ううん。なんもないよ。休憩時間《きゅうけいじかん》って短《みじか》いよね。ハハ……」

歩《ある》きだそうとした私《わたし》の手《て》を、馬村《まむら》がつかむ。

「おまえさ、かくしきれてねーんだよ」

振《ふ》りかえると、馬村《まむら》が私《わたし》を見《み》つめていた。

「おまえのことなんか、ぜんぶわかる。なにがあった？」

「……先生《せんせい》が、事故《じこ》に遭《あ》ったって。今《いま》、病院《びょういん》に……私《わたし》……」

そこでもう、言葉《ことば》がつまって出《で》てこない。

私《わたし》、どうしたいんだろう？

わからないよ。

するととつぜん、馬村《まむら》が私《わたし》をぎゅっと抱《だ》きしめた。

痛《いた》いくらいに、ぎゅっと。

そして、覚悟《かくご》を決《き》めたように私《わたし》の体《からだ》を離《はな》す。

「行《い》けよ」

「えっ？　行《い》けってなに？」

「自分《じぶん》の気持《きも》ち、言《い》わないのはおまえのほうだろ」

「……馬村《まむら》、なに言《い》ってんの」

はぐらかそうとしたけど、馬村《まむら》には通《つう》じない。

「わからないならハッキリ言《い》ってやるよ。おまえはまだあいつのことが好《す》きなんだよ」

「ちがうよ……」

「ちがくねーだろ。いっこも忘《わす》れられてねーくせに、強《つよ》がんな！　逃《に》げんなよ！」

そう言《い》って見《み》つめる馬村《まむら》の瞳《ひとみ》が、あまりにも強《つよ》くて、私《わたし》は動《うご》けなかった。

「逃《に》げっぱなしのおまえなんか、見《み》たかねーよ」

馬村《まむら》にこんなことを言《い》わせて。

今《いま》にも息《いき》が止《と》まりそうなほど、苦《くる》しい。

「早《はや》く行《い》け!!」

その声《こえ》が、私《わたし》を動《うご》かした。

「……ごめん」

小《ちい》さくそう言《い》い残《のこ》し、私《わたし》は駆《か》けだした。

宿舎《しゅくしゃ》の近《ちか》くの駅《えき》にたどり着《つ》いたのは、ちょうど電車《でんしゃ》が発車《はっしゃ》したあとだった。

次《つぎ》の電車《でんしゃ》、いつだろう。
時間《じかん》を見《み》ようとスマホをタップすると、メッセージが私《わたし》の目《め》に飛《と》びこむ。
馬村《まむら》からだ。
『合宿《がっしゅく》、誘《さそ》ってくれてうれしかった。ありがとう』
スマホをにぎり、私《わたし》はぐっと涙《なみだ》をこらえた。
すると、もう一通《いっつう》届《とど》いた。
『じゃあな。バーカ』
馬村《まむら》、ごめんね。
ほんと、バカだよね、私《わたし》。
ごめんね――。

■すずめの知《し》らない、馬《ま》村《むら》のこころ

すずめを送《おく》りだした馬《ま》村《むら》は、気《き》が抜《ぬ》けたように広《ひろ》場《ば》のベンチに寝《ね》そべっていた。

西《にし》日《び》が空《そら》を赤《あか》く染《そ》めていた。

そこへ、プリプリ怒《おこ》ったゆゆかがやってきて、馬《ま》村《むら》は体《からだ》を起《お》こす。

「ねえ、あの子《こ》、獅《し》子《し》尾《お》先《せん》生《せい》に会《あ》いに帰《かえ》ったって本当《ほんとう》!?」

馬《ま》村《むら》はなにも答《こた》えない。

「ねえ！　聞《き》いてる？」

「俺《おれ》が行《い》かせた」

ゆゆかはびっくりして聞《き》きかえした。

「……なんで？」

「俺《おれ》、思《おも》ってたんだよ。だれかの代《か》わりでもいいから、好《す》きなヤツのそばにいたいって」

馬村《まむら》は、ひとことひとことをかみしめるように話《はな》しだした。

「でも、だれかの代《か》わりなんかいないし、なれない。それだけの話《はなし》」

ゆゆかには、その気持《きも》ちが痛《いた》いほどわかった。

報《むく》われない恋《こい》を胸《むね》にしまって苦《くる》しんだり。

代《か》わりでもいいからとなりにいたいと願《ねが》ったり。

おろかだけれど、どうしようもない。

恋《こい》ってそういうもの。


馬村《まむら》は、ぽつりぽつりと話《はな》しつづける。

「いつかこんなときがくるだろうなって。こなけりゃいいなって……思《おも》ってたけど」

ここまで弱《よわ》った馬村《まむら》を見《み》るのははじめてだった。

ゆゆかは返《かえ》す言葉《ことば》が見《み》つからない。

「ほかのヤツとどこがどうちがうかなんて、わからない。でも、なんでか知《し》らねーけど、考《かんが》えるのはいつも……いっつもあいつのことで」
「……うん」

ゆゆかにも覚《おぼ》えがある。
ふと気《き》づいたら、目《め》で追《お》ってしまう。
近《ちか》くにいるだけで、胸《むね》がドキドキする。
自分《じぶん》でコントロールできない。
恋《こい》ってそういうもの。

馬村《まむら》のくやしそうで悲《かな》しそうな横顔《よこがお》が、オレンジ色《いろ》の西日《にしび》に照《て》らされる。
「一瞬《いっしゅん》でもいいいから、思《おも》ってほしかったんだ。俺《おれ》といるときは、幸《しあわ》せだって」

こんなとき、友《とも》だちとしてできるのは、ただ見守《みまも》ることなのかも。
ゆゆかはそう思《おも》い、もうなにも言《い》わないことに決《き》めた。

そして馬村《まむら》を残《のこ》して、そっとその場《ば》を立《た》ち去《さ》った。

■いつでもそばにいて

私《わたし》が病院《びょういん》に着《つ》いたのは夕方《ゆうがた》。

西日《にしび》が差《さ》す時間《じかん》だった。

でも、着《つ》いたはいいけど、どこを探《さが》せばいいの？

私《わたし》はあてずっぽうに、廊下《ろうか》をあちこち歩《ある》きまわった。

「ちゅんちゅん？」

声《こえ》がして振《ふ》りかえると、ロビーの待《ま》ち合《あ》い椅子《いす》に獅子尾先生《ししおせんせい》が座《すわ》り、目《め》を丸《まる》くしている。

「先生《せんせい》……」

先生《せんせい》は元気《げんき》そうだった。

どこにも傷《きず》らしきものは見《み》あたらない。

いったいどういうこと？

そう思《おも》っているのは、先生《せんせい》も同《おな》じみたいだ。

先生《せんせい》にうながされて、私《わたし》もベンチに座《すわ》る。

「きみにはおどろかされてばっかだな」

「……すみません……あの……おじさんが、先生《せんせい》が事故《じこ》に遭《あ》ったって」

「事故《じこ》ってほどでもないよ。諭吉《ゆきち》さんの店《みせ》の前《まえ》で自転車《じてんしゃ》とぶつかって。頭《あたま》、念《ねん》のために検《けん》査《さ》しただけ」

「……そうですか。よかった」

私《わたし》はまだ、心臓《しんぞう》がバクバクしていた。

「なに？　もしかして、俺《おれ》が病院《びょういん》にいるって聞《き》いて、飛《と》んできちゃった？」

先生《せんせい》がふざけるように言《い》ったけど、私《わたし》は真剣《しんけん》だった。

「はい。先生《せんせい》のことが心配《しんぱい》できました。ダメですか？」

だって本当《ほんとう》のことだから。

もう逃《に》げたりするのは、イヤなんだ。

私《わたし》の真剣《しんけん》さに、先生《せんせい》はたじろいだみたいで。

「いや……」

「あと、自分《じぶん》の本当《ほんとう》の気持《きも》ちと、先生《せんせい》の気持《きも》ちにむきあうためにきました」

私《わたし》が先生《せんせい》を見《み》あげると、先生《せんせい》も私《わたし》をまっすぐに見《み》た。

もう私《わたし》から目《め》をそらしたりしない。

やがて、ゆっくりと話《はな》しはじめた。

「いつからかな。よくわからない。きみはホント……あぶなっかしくて目《め》が離《はな》せなくて」

私《わたし》はだまって、先生《せんせい》の言葉《ことば》に耳《みみ》をかたむけた。

「気《き》づいたら、ほかのだれかといるときと、なにかがちがってた。きみといると楽《たの》しい。きみがほかのヤツといると、渡《わた》したくない。これはまずいなって。こっちは大人《おとな》だし、教《きょう》師《し》だし。きみを守《まも》らなきゃいけない立場《たちば》だし」

はじめてちゃんと話《はな》してくれた。

先生《せんせい》がそういう人《ひと》でよかった。

「でもそんなのはぜんぶ、言《い》い訳《わけ》だった。好《す》きじゃないなんて言《い》って、ごめん」

しっかり私《わたし》のほうをむいて、先生《せんせい》が言《い》う。

「好《す》きだよ、すずめ」

「私《わたし》も、先生《せんせい》のこと、好《す》き……でした」

「過去形《かこけい》だね」

ほんの少《すこ》しのあいだ、沈黙《ちんもく》の時間《じかん》が流《なが》れる。

「私《わたし》、先生《せんせい》にもうやめようって言《い》われてから、自分《じぶん》の気持《きも》ち、考《かんが》えないようにしてました。ずっと。でも、先生《せんせい》が病院《びょういん》にいるって聞《き》いたとき、なんかブワッて。ああ、そうかって。私《わたし》の心《こころ》の中《なか》、消《き》えないしこりみたいに、ぽつっと、やっぱり先生《せんせい》がいるんだなって」

先生《せんせい》は、静《しず》かに私《わたし》の声《こえ》を聞《き》いている。

「でも」

「でも？」

「……私《わたし》が今《いま》、大切《たいせつ》にしたいと思《おも》う人《ひと》は――」

苦《くる》しくて、ぎゅっと目《め》を閉《と》じる。

「──先生《せんせい》じゃない」

私《わたし》の苦《くる》しさをぬぐうように、先生《せんせい》はやさしく言《い》った。

「うん。まあ、こうなるかなって、どっかで覚悟《かくご》はしてたんだ。きみは、ほかのだれかに気《き》持《も》ちを残《のこ》したまま、べつのヤツと付《つ》き合《あ》えるような子《こ》じゃない」

「……ごめんなさい」

「いいんだ。ちゃんと伝《つた》えられれば」

まるで自分《じぶん》に言《い》い聞《き》かせているような口調《くちょう》だった。

「自分《じぶん》の気《き》持《も》ち、ちゃんと伝《つた》える。それが相手《あいて》を大切《たいせつ》にすることなんだと思《おも》う。俺《おれ》はそれができなかったから……だからこんなダサいことになってるんだよ」

先生《せんせい》が苦笑《にがわら》いする。

「……先生《せんせい》」

「はい」

先生《せんせい》は、学校《がっこう》にいるときのような、先生《せんせい》らしい返事《へんじ》をした。

「前《まえ》に先生《せんせい》は、私《わたし》の気持《きも》ちはあこがれに近《ちか》いって言《い》ったけど、これは……ちゃんと恋《こい》でした」

だめだ。

涙《なみだ》がこぼれそう。

目《め》の前《まえ》にいる先生《せんせい》の姿《すがた》が、涙《なみだ》でうるんでぼやけていく。

「だれがなんと言《い》おうと、私《わたし》の、初恋《はつこい》です」

先生《せんせい》は、うんとうなずいて、ほほえんだ。

私《わたし》は立《た》ちあがって、きちんとしたおじぎをした。

それから、顔《かお》を上《あ》げて、走《はし》りだす。

もう先生《せんせい》が私《わたし》のことを「ちゅんちゅん」と呼《よ》ぶことはないんだ。

出会《であ》ったころのように、やさしく頭《あたま》をなでてくれることもない。

楽《たの》しかった日々《ひび》が思《おも》い出《で》になってしまうのは、さびしいことだけど。

それでも、その思《おも》い出《で》が星屑《ほしくず》のように輝《かがや》いて、私《わたし》の心《こころ》を照《て》らしつづける。
はじめて好《す》きになった人《ひと》が、先生《せんせい》でよかった。

つぎの日《ひ》の始発電車《しはつでんしゃ》で、私《わたし》は宿舎《しゅくしゃ》へむかった。
少《すこ》しでも早《はや》く馬村《まむら》のところへ戻《もど》りたくて。
いても立《た》ってもいられずに、宿舎《しゅくしゃ》までの道《みち》を走《はし》る。
宿舎《しゅくしゃ》の近《ちか》くまでくると、湖《みずうみ》のほとりにぽつんとたたずむ人影《ひとかげ》が見《み》えた。
少《すこ》し茶色《ちゃいろ》い髪《かみ》。遠《とお》くからでもわかる白《しろ》い肌《はだ》。
なんとなくふてくされたような立《た》ち姿《すがた》。
あれは、きっと馬村《まむら》。ぜったい、そうだ。

私《わたし》は大声《おおごえ》で呼《よ》んだ。

「まむらーっ！」

馬村《まむら》は一瞬《いっしゅん》首《くび》をかしげた。どうも空耳《そらみみ》だと思《おも》ったらしい。

走《はし》りながらもう一回《いっかい》、もっと大《おお》きい声《こえ》で呼《よ》んだ。

「ま・む・ら―――っ!!」

振《ふ》りむいた。

びっくりしてる。

私《わたし》は、思《おも》いっきり走《はし》った。

「馬村《まむら》っ!!」

馬村《まむら》のすぐ目《め》の前《まえ》まで到着《とうちゃく》した瞬間《しゅんかん》、私《わたし》はいきおいあまってつんのめった。

「あっ！」

「うわっ！」

ぶつかった馬村《まむら》を、そのまま地面《じめん》へ押《お》し倒《たお》して、馬乗《うまの》り状態《じょうたい》になってしまった。

あおむけに倒《たお》れている馬村《まむら》は、ちょっとあきれた顔《かお》をしている。

「……どうしたよ」

走《はし》ってきたから、息《いき》が上《あ》がってしまって。

なかなかしゃべりだせない。

「……ごめん。馬村《まむら》、ごめん」

とりあえず謝《あやま》って、どうにか呼吸《こきゅう》を整《ととの》えた。

「東京帰《とうきょうかえ》ったんじゃなかったのかよ」

「帰《かえ》ったよ。帰《かえ》って、ちゃんと話《はな》してきた」

「じゃあ、いいじゃん。なんで戻《もど》ってくんの？」

「私《わたし》ね、先生《せんせい》とむきあうと、先生《せんせい》に気持《きも》ちが戻《もど》っちゃうんじゃないかって、こわかったんだ。ずっと。でも――」

そうじゃなかったんだ。

だから帰《かえ》ってきたんだ。

「――私《わたし》、馬村《まむら》のことばっか考《かんが》えるんだよ。電車《でんしゃ》の中《なか》でも、走《はし》ってても、なんかわかんないけど、馬村《まむら》のことばっか。ずーっと。先生《せんせい》と話《はな》してても」

私《わたし》が苦《くる》しいとき、私《わたし》が悲《かな》しいとき。
いつも馬村《まむら》はそばにいてくれた。
馬村《まむら》には、思《おも》っていることを素直《すなお》に話《はな》せた。
だから。
「私《わたし》もう、努力《どりょく》なんかしなくても、いっつも馬村《まむら》のほうむいてる」
東京《とうきょう》に戻《もど》って、それがよくわかった。
すごく、わかったんだ。

「私《わたし》、馬村《まむら》が好《す》きだよ」

馬村《まむら》はまばたきもせずに、私《わたし》を見《み》あげる。
「いっぱい傷《きず》つけてごめん。今度《こんど》は私《わたし》が馬村《まむら》を幸《しあわ》せにするから……よろしくお願《ねが》いします！」

思《おも》ってること、ぜんぶ伝《つた》えた。

なのに、馬村《まむら》はイマイチ無表情《むひょうじょう》。

「……マジで言《い》ってる？」

「こ、この状況《じょうきょう》で冗談《じょうだん》言《い》わないよっ！」

「あ、そ」

「あ、そ、って。なんでそんな……」

そっけなさすぎじゃないですか!?

馬乗《うまの》り状態《じょうたい》の私《わたし》、どうしたらいいのよっ。

「なんか響《ひび》いてこなかったから。じゃあさ、ちょっともう一回《いっかい》言《い》ってよ。こんどはちゃんと聞《き》くから」

「えっ!?　いいよ、言《い》うよ？」

ええ、もちろん言《い》いますとも！

……と意気《いき》ごんだものの、やっぱり恥《は》ずかしくて。

ごにょごにょっと小《ちい》さい声《こえ》になってしまう。

「す、好《す》──」


言《い》い終《お》わらないうちに、馬村《まむら》は私《わたし》をぐっと抱《だ》きよせた。

そのままキスをする。

唇《くちびる》を離《はな》した馬村《まむら》は、私《わたし》を見《み》あげてふっと笑《わら》う。

「俺《おれ》も」


とつぜんの出来事《できごと》にびっくりしすぎて、私《わたし》は思《おも》わず馬村《まむら》の上《うえ》からどいた。

そして、地面《じめん》にへなっと座《すわ》りこんだ。

馬村《まむら》も座《すわ》りなおして私《わたし》の顔《かお》をのぞく。

「は？　どうした？」

「今《いま》、今《いま》、今《いま》、やったよね、今《いま》!!」

「なんだよ。しちゃ悪《わる》いかよ」

「いや、そうじゃないけど、はじめてだったから。なんか、馬村《まむら》あんがい唇《くちびる》やわらかいな、とか。おや、意外《いがい》と鼻《はな》ってぶつからないんだな、とか」

「うるせー。おまえ、いちいちそういうどうでもいいこと言《い》うなって言《い》ってんだろ」

「だって、びっくりして。ほら、一瞬《いっしゅん》だったから、あれれ？　って思《おも》ってるうちに——」

馬村《まむら》の顔《かお》がまた近《ちか》づいた。

こんどは、さっきよりも長《なが》いキス。

唇《くちびる》が離《はな》れると、私《わたし》たちはきゅうに恥《は》ずかしくなってうつむいた。

ねえ、馬村《まむら》。こんなこと言《い》ったら、また「うるせー」って言《い》われるかな。

「馬村《まむら》さ、顔《かお》、赤《あか》くなんなくなったね」

「うるせー」

ふふ。やっぱり言《い》われた。

私《わたし》が笑《わら》うと、馬村《まむら》も笑《わら》う。

私《わたし》、馬村《まむら》といっしょにいると、すごく幸《しあわ》せな気持《きも》ちになるんだよ。

馬村《まむら》のことも、ぜったいに幸《しあわ》せにしてみせる。

だから、これからもずっと。

どうでもいいことばっかり言《い》って、めんどくさい性格《せいかく》の私《わたし》だけど、どうかよろしくね。

いつか見《み》た昼《ひる》の流《なが》れ星《ぼし》は、キラキラ輝《かがや》いてすごくきれいだった。
でも星《ほし》って、本当《ほんとう》はずっと空《そら》にあって、いつもそこにいてくれる。
私《わたし》が見《み》つけたのは、そういう星《ほし》。

そんな、ひるなかの星《ほし》。

おわり

この本は、映画『ひるなかの流星』（二〇一七年三月公開）をもとにノベライズしたものです。また、映画『ひるなかの流星』は、マーガレットコミックス『ひるなかの流星』（やまもり三香／集英社）を原作として映画化されました。

集英社みらい文庫

ひるなかの流星《りゅうせい》

映画《えいが》ノベライズ みらい文庫版《ぶんこばん》

はのまきみ　著

やまもり三香《みか》　原作

ファンレターのあて先
〒101-8050　東京都千代田区一ツ橋 2-5-10　集英社みらい文庫編集部
いただいたお便りは編集部から先生におわたしいたします。

2017 年 2 月 28 日　第 1 刷発行
2020 年 8 月 17 日　第10刷発行

発 行 者　北畠輝幸
発 行 所　株式会社 集英社
〒101-8050　東京都千代田区一ツ橋 2-5-10
電話　編集部 03-3230-6246
読者係 03-3230-6080
販売部 03-3230-6393（書店専用）
http://miraibunko.jp
装　　丁　AFTERGLOW
中島由佳理
印　　刷　凸版印刷株式会社
製　　本　凸版印刷株式会社

★この作品はフィクションです。実在の人物・団体・事件などにはいっさい関係ありません。

ISBN978-4-08-321361-8　C8293　N.D.C.913　182P　18cm

発《はつ》売《ばい》中《ちゅう》！
マーガレットコミックス
ひるなかの流《りゅう》星《せい》
やまもり三《み》香《か》
全《ぜん》12巻《かん》&《アンド》
番《ばん》外《がい》編《へん》1巻《かん》

大《だい》好《こう》評《ひょう》

映《えい》画《が》「ひるなかの流《りゅう》星《せい》」の原《げん》作《さく》となった大《だい》人《にん》気《き》コミック!

コミックでも「ひるなかの流星《りゅうせい》」の世界《せかい》を楽《たの》しんじゃおう♪

いなかから上京《じょうきょう》してきた
女子高生《じょしこうせい》「すずめ」。
担任《たんにん》の「獅子尾《ししお》」先生《せんせい》や、
クラスメイトの「馬村《まむら》」と出会《であ》い、
はじめての恋《こい》を知《し》って……?

ウソカレ!?
usokare
この"恋"はだれにもナイショです
友《とも》だちより先《さき》に、
ニセモノのカレシができました…!?
神戸遥真《こうべはるま》・作
藤原《ふじわら》ゆん・絵

海色《うみいろ》ダイアリー
シリーズ
みゆ・作《さく》
加々見絵里《かがみえり》・絵《え》
初恋《はつこい》×5!?
海《うみ》のそばの胸《むね》キュン♥ストーリー
となりにアイドルが越《こ》してきた!?
しかも五《いつ》つ子《ご》!???

「みらい文庫《ぶんこ》」読者《どくしゃ》のみなさんへ

　言葉《ことば》を学《まな》ぶ、感性《かんせい》を磨《みが》く、創造力《そうぞうりょく》を育《はぐく》む……、読書《どくしょ》は「人間力《にんげんりょく》」を高《たか》めるために欠《か》かせません。たった一枚《いちまい》のページをめくる向《む》こう側《がわ》に、未知《みち》の世界《せかい》、ドキドキのみらいが無限《むげん》に広《ひろ》がっている。
これこそが「本《ほん》」だけが持《も》っているパワーです。

　学校《がっこう》の朝《あさ》の読書《どくしょ》に、休《やす》み時間《じかん》に、放課後《ほうかご》に……。いつでも、どこでも、すぐに続《つづ》きを読《よ》みたくなるような、魅力《みりょく》に溢《あふ》れる本《ほん》をたくさん揃《そろ》えていきたい。読書《どくしょ》がくれる、心《こころ》がきらきらしたり胸《むね》がきゅんとする瞬間《しゅんかん》を体験《たいけん》してほしい、楽《たの》しんでほしい。みらいの日本《にほん》、そして世界《せかい》を担《にな》うみなさんが、やがて大人《おとな》になった時《とき》、「読書《どくしょ》の魅力《みりょく》を初《はじ》めて知《し》った本《ほん》」「自分《じぶん》のおこづかいで初《はじ》めて買《か》った一冊《いっさつ》」と思《おも》い出《だ》してくれるような作品《さくひん》を一所懸命《いっしょけんめい》、大切《たいせつ》に創《つく》っていきたい。

　そんないっぱいの想《おも》いを込《こ》めながら、作家《さっか》の先生方《せんせいがた》と一緒《いっしょ》に、私《わたし》たちは素敵《すてき》な本作《ほんづく》りを続《つづ》けていきます。「みらい文庫《ぶんこ》」は、無限《むげん》の宇宙《うちゅう》に浮《う》かぶ星《ほし》のように、夢《ゆめ》をたたえ輝《かがや》きながら、次々《つぎつぎ》と新《あたら》しく生《う》まれ続《つづ》けます。

　本《ほん》を持《も》つ、その手《て》の中《なか》に、ドキドキするみらい――。
本《ほん》の宇宙《うちゅう》から、自分《じぶん》だけの健《すこ》やかな空想力《くうそうりょく》を育《そだ》て、〝みらいの星《ほし》〟をたくさん見《み》つけてください。
そして、大切《たいせつ》なこと、大切《たいせつ》な人《ひと》をきちんと守《まも》る、強《つよ》くて、やさしい大人《おとな》になってくれることを心《こころ》から願《ねが》っています。

2011年《ねん》　春《はる》

集英社《しゅうえいしゃ》みらい文庫編集部《ぶんこへんしゅうぶ》